목차

1. 프롤로그 - 그 푸른 빛, 그 푸른 빛 행성이

한 때는 푸른 빛이 맴도는 아름다운 행성이었던 이곳. 희망과 자유, 생명이 항상 태어났었다. 그러나 지금은 절망과 억압으로만 가득 차, 죽음만이 살길인 곳이 되어버렸다. 바로 지구. 계절의 아름다움이 있던 이곳은 오직 춥고 싸늘한 겨울만 있는 곳으로 변해 버렸다.

어느 순간부터 이곳의 시간 개념은 거의 사라졌다. 나이, 이름, 심지어 자신이 누군지도 모르는 생명체가 생겨났다. 이 모든 것을 기억하는 단 하나의 생명체. 지구에 살아가고 있던 지구인이다. 그러나 지구에 살고 있던 생명체들은 걷잡을 수 없이 망가졌다.

지구에 사는 생명체들이 망가진 이유는 약 300년 전, 지구에 쳐들어온 우주 생명체들. 우리는 이들을 '권력자' 라고 부른다. 권력자들이 쳐들어 온지 몇 백여 년밖에 되지 않았지만 그들의 기술력과 수로 지구를 단숨에 지배했다. 그들의 지도자인 르하와 알 수 없는 그들의 붉은 빛이 지구에 비치자 육지는 각각 작은 섬으로 변해 버렸다. 그 중 가장 큰 섬에 권력자들이 살아가고 있다.

권력자들의 무자비한 몰살에 살아남은 지구의 생명체는 단 하나인 인간이다. 수십억 명이었던 지구인들은 권력자들의 의해 어른 280명 어린 아이들 20명 즉, 이제는 300명 밖에 남지 않게 되었다. 그나마도 권력자들이 100명의 어른들을 어디론가 잡아갔다. 물론 다 잡혀간 것은 아니다. 90명의 어른들이 권력자들 몰래 지구인의 학교를 세웠고, 80명의 지구인들은 권력자의 편을 들고, 10명의 남은 어른은 어딘가의 숨어 살고 있다는 소문이 있다.

나머지 지구인들은 14세가 넘지 않은 어린 지구인들이다. 이 지구인들은 고작20명. 90명의 어른들이 만들어준 학교에 몰래 다니고 있다. 정확히 학교인지 권력자들을 무찌르려는 군대인지, 항상 권력자들에 대해서 배우거나 숨어 사는 법을 배운다.

물론 이 행성에 권력자들만 들어 온 것은 아니다. 다른 우주 생명체들도 연달아 들어 왔다. 하지만 아무리 강한 생명체라도 그 어떤 것도 권력자들보다 강한 생명체는 없었다. 다른 우주 생명체들도 우리 지구인처럼 숨어 살거나, 항복하거나. 지구인과 조금 다른 점이 있다면 다른 우주 생명체들은 자신만의 섬을 만들 수 있었다.

 권력자들은 모든 것을 통제하고 지배하였다. 심지어는 우리들의 이름까지 마음대로 바꾸어 버렸다. 그나마 다행이라고 해야 할 점은 영어 알파벳으로 짓게 해준 거랄까? 아니지, 다행도 아니다. 알파벳으로도 지을 뿐만 아니라 권력자들 식 이름으로도 바꾸어 버렸다. 그렇게 우리들은 우리들의 진짜 이름을 알지 못한다. 이렇게 권력자들이 머리를 쓰니 지구인들도 지구인들만의 대책을 세워 나갔다.

 지구인들은 머리카락 색깔을 권력자들처럼 보이도록 염색할 뿐만 아니라, 모든 생명체들과 대화 할 수 있도록 개인 번역기와 휴대용 해 시계를 새로 만들었다. 이 번역기는 자신의 생사를 알 수 있을 뿐만 아니라 순간이동 장치도 달려있어서, 딱 3번만 자신이 원하는 곳으로 데려다 준다. 지구인들도 과학 실력이 꽤 뛰어나지만 이미 지구인의 기술 능력은 약 300년 전에 권력자들의 인해 멈추어 버려서 권력자들의 기술을 뒤따라 잡을 수 없었다.

 권력자들은 매우 잔인하다. 자신들의 임무만 다할 뿐, 수단과 방법을 가리지 않는다. 눈 앞에 거슬리는 것들은 모두 없애버린다. 권력자들은 14세 이상부터는 무조건 훈련을 받기 시작해야 한다고 한다. 그래서 14세(권력자 나이로는 214세, 인간의 나이로는 14세)가 넘은 지구인들은 어쩔 수 없이 권력자들의 섬으로 들어가게 된다고 한다. 또한 소문으로 듣자 하니, 시험을 보게 되는데 그 시험에서 만약 탈락을 한다면 바로 사형이라는 말도 있다.

권력자들은 감정이 거의 없다. 예를 들어 사랑, 분노, 슬픔, 안타까움, 공포, 호기심 등등 간단한 감정들만 느낄 수 있다. 그래서 우리 지구인들은 위기에 처했을 때 권력자들에게는 동정을 사는 것이 가장 합리적이다. 물론 그렇지 않은 권력자들도 많다. 군인 같은 경우는 감정을 아예 못 느끼게 만들어 더 잔인 하게 만든다. 또한 몸집도 커다랗게 만들어서 힘을 더 강화 시킨다.

하지만 겉모습은 지구인과 똑같이 생겨서 언어를 비교해보지 않는 이상 쉽사리 눈치 챌 수 없는 장점도 있다. 그래서 식량을 구할 때는 작은 권력자들 섬에 가서 몰래 가져오거나 어른들은 물건을 사온다. 외형적으로 권력자들은 지구인이랑 다를 바가 거의 없다. 하지만 최근에 권력자들이 이러한 상황을 막기 위해 자신들 이외에는 절대 푸른색이나 하얀색 머리카락과 눈을 가질 수 없게 만들었다. 그래서 염색을 한 지구인들을 없애버렸다는 소문도 돌고 있다. 또 다른 점은 감정이 거의 없다거나 지능과 체력, 회복력, 수명이 엄청 길다는 점?

나머지는 지구인 즉, 인간과 다를 것이 없다. 인간처럼 총을 맞으면 다치거나 죽고, 물, 음식이 없으면 살 수 없다. 먹는 것은 인간과는 다르게 독을 먹어도 죽지 않고, 아무거나 다 먹는

다. 또한 생체 리듬이 우리와 반대라서 밤에 일어나 활동하고 새벽에 잠을 잔다.

그런데 몇몇 권력자들이 특이하게 감정을 갖게 되었다고 한다. 그래서 인간을 동정해서 보호를 해준 적도 있다고 들었다.

약 200년 전에는 인간과 권력자가 서로 사랑해서 인간이 권력자의 아이를 가진 경우도 있다고 한다. 권력자와 인간에게서 태어난 아이는 저주 받은 아이라고도 불린다. 그 아이는 태어나자마자 버림을 받았다고 한다.

그 이유는 일반 권력자들보다 회복, 지능, 면역, 체력이 약 2배 가량 높고 보통 인간보다 훨씬 감정을 더 잘 느낄 수도 더 잔인해질 수도 있고 오감에 매우 예민하기 때문이다. 한 마디로 권력자의 장점과 인간의 장점을 모두 끌어 모은 괴물이라고 볼 수 있다.

권력자들은 이 아이가 만약 태어나면 재앙을 불러온다고 한다. 그 재앙의 내용은 그 아이가 14살이 될 무렵에 권력자들의 지도자를 없애고 온 세계를 멸망 시킨다는 이야기였다. 이 재앙을 막으려면 푸른 빛을 찾아 그 아이와 함께 재물로 받쳐야 한다는 방법이 있다고 전해 내려온다. 권력자들은 푸른 빛을 찾으러 지구에 쳐들어 온 걸까?

지금 그 아이는 태어났을까? 태어났다면 이 우주는 없어지고도 남았겠지? 그런데 왜 권력자들은 우리 지구인들을 몰살 시키고 우리를 찾아내려는 걸까? 약 300년이 지난 지금까지 의문은 풀리지 않았다.

2. 목숨을 건 숨바꼭질

오늘도 어김없는 험한 등굣길이 나를 맞이하고 있다. 내 이름은 '레이아'. 영어 알파벳으로는 'LI'. 딱히 마음에 들지 않는다. 나는 지구에 살아가고 있던 지구인이다. 그 중 많은 세계 나라인들 중 유일하게 딱 한 명이 되어버린 한국인이다.

하지만 선생님이 알려주신 나의 국적과 다르게 나는 푸른 빛이 띈 머리카락과 푸른 빛의 애매랄드 빛의 눈동자를 가지고 있다. 참 희한하다. 아마 나는 어렸을 때 권력자들처럼 염색한 지구인들 중 한명일 것이다. 나는 권력자들이 지구의 들어온 이후 배를 타고 학교 아닌 학교를 다니고 있다.

다행히 이 위험한 지구 속에서 학교랑 제일 가까운 섬에 살고 있다. 나의 친구 '린' 즉, 'RN'과 함께. 린은 나와 같은 지구인이고 세상에 딱 3명만 남은 영국인이다. 우린 아주 어릴 때, 서로 권력자들의 의해 고아가 되었을 때 만났다.

어른들이 만들어준 학교 섬은 우리의 유일한 낙원이다. 권력자들 눈에 띄지 않아 가장 안전한 곳이다. 그러나 안전한 곳인 만큼 들어가는 것도 만만치 않다. 배를 타고 들어가야 하는데 그때 권력자들이 자는 시간인 아침 7시쯤에 들어간다. 학교는 일주일에 한 번을 가서 작전을 회의 하거나 안부를 보기 위해, 식량을 나누거나 구하기 위해, 싸움을 배우기 위해, 연구를 하기 위하여 모이는 것이다. 그날이 바로 오늘이다.

내가 냉장고를 살필 동안 린은 언제 준비했는지 벌써 배를 꺼내놓았다. 나는 얼른 남은 식량을 챙겼다. 우리의 식량은 고작 물 2병에, 통조림 3개 밖에 남아있지 않았다. 오늘이 아주 딱 맞아 떨어지는 날이다.

나는 창고에서 건전지를 꺼냈다. 다행히 건전지 1개가 겨우 남아있었다. 이번에 학교에 가서 건전지와 식량을 챙겨와야겠다. 시계를 보니 어느덧 6시 50분이 되어가고 있었다. 나는 서둘러 창고에서 나와 린이 있는 곳으로 달려갔다.

린은 먼저 배에 앉아 나에게 얼른 오라는 손짓을 했다. 배 뒤편에 건전지를 넣고 배를 출발 시켰다. 한 5분 정도 바다를 건너니 학교 섬에 도착하였다. 나와 린은 배를 섬 끝 쪽에 묶어 놓은 뒤, 배낭을 매고 학교 안으로 들어갔다.

학교에 다가가보니 미국인인 릭(RC)이 앞에서 우리를 기다려

주고 있었다. 린은 릭을 보자마자 바로 달려가서 껴안았다. 얼씨 구 이 종말 세상에 연애를 하고 있다니. 정확히는 '우리를' 기다 린 것이 아닌 '린을' 기다린 것이겠지. 나는 상황을 바꾸려고 목 에 차고 있던 자동 번역기를 사용해서 릭에게 물었다.

"선생님들이랑 다른 아이들은? 먼저 들어가 있어?"

"선생님들은 오늘 무슨 일 있으시나 봐. 아까부터 연락을 해보 았는데 연락이 통 안돼."

연락이 안 된다니? 말이 안 된다. 선생님들은 권력자 섬에 가 지 않는 이상 연락이 안 될 리가 없다. 린도 당황했는지 의아한 표정을 짓고는 말했다.

"선생님들한테 연락이 안 된다고? 그럼 다른 애들은?"

"다른 애들은 학교에 들어가 있어. 우리도 연락이 안 되어서 계속 시도 중이야."

"그럼 우리도 얼른 들어가 보자."

우리 셋은 급하게 학교 안으로 들어가 보았다. 학교로 들어가 니 연구실에 아이들이 다 모여 있었다. 연구실에서 아이들은 선 생님들과 어떻게든 통화를 연결하려고 기계를 만지고 있었다. 연구실에는 통신 기구와 우리들의 생사를 확인하고 조종할 수도 있다. 나는 애들이 다 있는 걸 확인한 후 옆 방에 냉장고가 있는 교무실로 들어가 보았다. 냉장고에는 물과 음식이 많이 있었다. 냉장고의 음식이 있는 걸 확인한 후 나는 다시 연구실로 들어갔다.

아직까지 선생님들과 연락이 되지 않는 모양이다. 우리는 계속 이렇게 있을 수만은 없어서 각자 일단 식량을 나누어 가지고, 자신이 해야 할 일을 스스로 하기로 했다. 또한 오늘은 각자의 집으로 돌아가지 않고 선생님들이 오실 때까지 이곳에 남아있기로 했다. 나는 물과 음식을 넉넉히 너무 많지는 않게 챙겼다.

나는 혹시 몰라서 12살 남자애 두 명을 데리고 학교를 둘러보기 시작했다. 약 1시간쯤 계속 둘러보고 2층만 10번째 확인하고 있을 때였다.

"레이아 방금 선생님들께서 돌아오셨어!"

밑에 층에 있던 린이 소리쳤다. 나는 애들을 데리고 서둘러 1층으로 내려가 보았다. 정말로 선생님들이 돌아오셨다. 돌아 오신 선생님들 말씀을 들어보니 오늘은 집에 가지 않고 당분간 이학교에서 지내는 것이 좋겠다고 말씀 하셨다. 그래서 집에 다녀올 애는 어서 다녀오라고 하셨다.

"태지(TJ) 선생님 도대체 어딜 다녀 오신 거에요! 연락도 안 되시고."

한 아이가 갑자기 울면서 소리쳤다. 우리 학교의 제일 막내인 루아(RA)였다. 루아는 올해로 7살이 되는 소녀이다. 6살 때 부모님이랑 떨어졌다고 한다. 그만큼 마음을 잘 잡아야 하는데. 루아는 마음이 너무 여리다. 이 지옥에서 살아남기 위해서는 정신을 똑 바로 차려야 하는데 말이다.

루아는 엉엉 울며 아태지 선생님께 안겼다. 선생님은 그런 루아를 달래 주셨다. 어느덧 한바탕 소동이 일어나니 아침 먹을 시간이 되었다. 다들 배에서 꼬르륵 소리가 났다. 우리는 교실 책상에서 식량을 나누어 먹었다. 그런데 나는 자꾸 불안한 기분이 들어서 밥을 먹지 않고 2층으로 올라가 보았다.

맙소사 심장이 떨어질 뻔했다. 창밖에 권력자들의 교통 수단이 보였기 때문이다. 괜히 자꾸 불안한 것이 아니었다. 권력자들은 우리의 배를 보고 학교 쪽으로 점차 빠른 속도로 다가오고 있었다. 나는 서둘러 계단을 내려가서 선생님들께 소리쳤다.

"선생님 권력자들이 지금 이쪽으로 와요!"

내가 소리치는 소리에 선생님들은 깜짝 놀라시고는 바로 아이들을 대피 시켰다. 그때였다. 아이들을 일으켜서 나가려는데 총소리가 연달아 들려왔다.

"탕탕탕-!"

그 소리에 아이들이 소리를 질렀다. 나는 아이들의 입을 서둘러 막았다. 선생님들은 무기 창고에서 구명 보트와 권총, 방탄 조끼, 무전기 등을 배낭에 넣어주시고는 내 손을 꼭 잡으시며 나에게 당부 하셨다.

"레이아 이거 가지고서 멀리 멀리 아이들을 데리고 도망쳐."

"선생님이 방어 해 줄 테니까 보트까지 뒤돌아 보지 말고 뛰어."

"다시는 여기로 돌아와서는 안 된다. 다른 안전한 곳을 찾아봐야 해. 무슨 말인지 알지?"

눈물이 글썽거렸다. 애써 눈물을 참으며 아이들을 학교 문 앞으로 데려 갔다. 린은 릭의 손을 꼭 잡고 있었다. 나는 배낭을 매고 다른 아이들에게도 배낭을 매도록 했다.

"탕탕탕-!"

밖에서는 총소리가 계속해서 들려온다. 나는 눈을 질끈 감고 문을 열고 전속력으로 아이들을 데리고 보트로 뛰었다. 뒤에서 총소리가 끊임 없이 드렸다. 다른 총소리도 들렸다. 선생님도 쏘고 계셨다. 얼마 지나지 않아, 선생님들의 신음 소리가 들려왔다. 나는 결국 뒤돌아 보고 말았다. 그 끔찍한 광경도 함께.

아이들 반절이 거의 다 쓰러져 죽어있고 선생님들도 다 피를 흘리고 계셨다. 숨이 막혀 왔다. 하지만 나는 아이들을 구명 보트에 태우고 권력자들을 향해 총을 무자비하게 쏘았다. 시간이 지나자 권력자들이 하나 둘 쓰러지기 시작했다. 학교 뒤 쪽에 가려져서 나는 총에 맞지 않았다. 나는 남은 아이들을 세어 보았다. 린, 릭, 리짐, 락희, 라민, 룩, 루아, 루이, 롯, 나까지 합해서 고작 10명.

돌아본 걸 후회하기엔 너무 늦었다. 나는 애써 나오는 눈물을 참고, 남은 애들을 배에 태웠다. 아니지 정확히는 구명보트에 태웠다. 배낭을 각각 자기 것을 매게 하였다. 이 구명보트에는 엔진이 없어서 직접 노를 저어야 했다. 나는 피로 물들여진 바닥을 조심스럽게 피해 학교로 들어가 노를 가지고 남은 물품들을 싹 다 가지고 나왔다.

나는 떠나기 전에 쓰러져있는 선생님들의 시체에 다가갔다. 총알에 맞아 선생님들의 시체는 참혹했다. 나는 담요 한 장을 꺼내와서 선생님들의 시체를 덮어 드렸다.

복수심에 불타올랐다. 진정이 되지 않았다. 왜 이럴까? 예전엔 그러지 않았는데, 지금의 소식이 부모님이 잡혀 갔다는 소식보다 더 증오하는 마음이 든다. 나는 조용히 속삭였다.

"선생님 제가 꼭 복수 할게요. 그리고 푸른 빛을 꼭 찾고 그

저주 받은 아이를 재물로 받쳐서 권력자들을 내보낼게요."

나는 이곳에 더 이상 존재 하지 않게 된 선생님들께 다짐을 하고 구명보트에 올라탔다. 그러자 막내 루아가 물었다.

"언니 선생님들은? 곧 오시겠지?"

"아니"

"그럼 언제 오는데?"

"안 오셔, 아니 영영 못 오셔."

"왜?"

나는 그만 울컥한 나머지 루아에게 소리쳤다.

"선생님들은 죽었다고! 죽었다니까? 그러니까 정신이나 똑바로 차리라고!"

내가 루아에게 소리치자 루아와 다른 애들은 충격을 받은 듯 했다. 고요한 침묵이 이어갔다. 그때 뒤돌아 본 린이 나에게 다급한 소리로 말했다.

"레이아 당장 너희 집 섬으로 가!"

내가 의아하며 뒤를 돌아보니 리짐이 배에서 피를 흘리고 있었다. 나는 서둘러 담요를 가져와서 지혈을 했다. 릭은 나와 역할을 바꾸어서 우리 집 삼으로 향했다. 나는 리짐에게 소리쳤다.

"총을 맞았으면 이야기를 했어야지! 정신 안 차릴래?"

리짐은 아무런 대답이 없었다. 린은 울먹이며 릭을 재촉했다.

"릭, 어서 빨리 저어!"

릭은 아무 말 없이 빨리 노를 저었다. 드디어 우리 집 섬에 도착했다. 나는 재빠르게 구명보트에서 내려 집 안으로 뛰어 들어갔다. 문을 쾅 열고 들어가니 안에는 중국인인 룬(CR)이 우리 집 안에 있었다.

"룬? 네가 왜 여기에......"

"레이아! 마침 너를 찾으려고 들어왔어. 나는 네가 없어서 나가려고 했는데.우리 같이 가기로 하지 않았어?"

아 맞다. 생각을 해보니 집이 가까운 룬이랑 같이 가기로 했었지. 나는 다시 정신을 차리고 창고로 가서 구급함을 꺼냈다.

"갑자기 왜 구급함을 꺼내? 누구 다쳤어?"

"설명은 조금 이따가. 잠시만 기다려봐."

나는 붕대를 챙기고 다시 구명보트 쪽으로 향했다. 하지만 이미 구명보트에 도착했을 때는 아이들은 이 상황이 처음이라서 그런지 린이 릭에게 안겨 울고 있고, 아이들이 나에게로 엉엉 울면서 뛰어왔다. 상황을 보니 이미 너무 늦어 버렸다.

룬은 누군가 흐느껴 우는걸 들었는지 밖으로 나왔다. 룬은 이 광경을 보고 깜짝 놀라 우리에게 물었다.

"잠시만 선생님들이랑 다른 아이들은? 너희는 왜 울고 있어?"

"일단 경비가 삼엄하니, 우리 집에 들어가 있자."

나는 아이들을 데리고 집으로 들어가 룬에게 자초지종을 설명했다. 룬도 꽤 충격을 받았는지 이야기를 듣고 아무 말 없이 울고 있는 아이들을 달랬다. 나는 잠시 일어나서 룬과 릭, 린을 불러서 밖으로 나갔다.

"우리 리짐은 보내 주어야지."

그 말에 린은 다시 한번 펑펑 울었다. 우리 넷은 리짐을 바다에 띄워 보냈다. 룬도 참고 있었던 눈물을 훔쳤다. 린, 릭, 룬은 먼저 집에 들어가서 아이들을 재우겠다고 했다. 나는 집에 들어가지 않고 혼자 섬 끝자락에 앉았다.

우리는 한 순간에 우리의 기둥을 잃었다. 이젠 어떻게 해야 할까? 자꾸만 눈물이 나오려고 했다.

하지만 나는 혼자 마음 속으로 끝까지 울지 않으리라 다짐했다. 내가 울면 아이들은 무너질 것이고, 내가 울어도 이 보다 더 마음 아픈 상황이 올 때가 앞으로 더 많아질 것이다. 나는 '울지 않으리라' 라는 말을 계속해서 마음 속으로 반복했다.

한참 슬픔에 젖어있을 때 루아가 내 옷깃을 잡아 당겼다.

"언니 우리 같이 선생님들이 말한 푸른 빛을 찾자. 나는 정신 똑바로 차렸는데 언니도 정신 차려야지."

나는 루아 말을 듣고 피식 웃음이 나왔다. 통통 부은 눈으로 누가 누굴 보고 정신을 차리라는 건지. 나는 다시 정신을 차리고 집으로 들어갔다. 집에 들어가 보니 아이들이 다 누워서 잠이 들어있었다. 다들 오늘 피곤했나 보다. 아직 해도 다 넘어가지 않았는데 말이다.

나는 창고에서 이불을 잔뜩 꺼냈다. 그리고선 아이들에게 하나 하나 덮어 주었다. 나는 루아에게 말했다.

"배낭에서 버너 좀 가지고 올래?"

"갑자기 왜 버너를?"

"우리 아침, 점심 다 굶었으니까 저녁 먹어야지."

"저녁? 진짜?"

루아는 신이 났는지 총총 뛰어가며 버너를 잽싸게 가지고 왔다. 나는 라면 10봉지를 끓였다. 라면이 다 익어갈 때 즈음에 룬이 일어났다.

"아 내가 언제 잠들었지? 잠시만 이거 무슨 냄새야?"

"당연히 라면 냄새지 오빠는 못 맞췄으니까 안 주고 내가 다 먹어야지"

루아가 룬을 약 올렸다.

"어? 이게 오빠한테 못 하는 말이 없어."

"메롱-"

나는 라면을 끓이면서 혼자 쿡쿡 웃음을 참으면서 이야기를 듣고 있었다. 나는 미소를 지으며 룬이랑 루아에게 말했다.

"둘이서 그만해 싸울 시간에 다른 애들 깨워와"

나는 식탁을 펴고 그릇과 수저를 놓을 동안 룬과 루아는 아이들을 깨웠다. 그렇게 우리는 맛있는 저녁 식사를 하고 잠에 들었다.

다음날 아침이 되었다. 나는 경보기 소리에 잠이 깨어났다. 경보기가 울렸다는 뜻은 근처에 권력자들이 왔다는 뜻이다. 아뿔

싸! 어제 왜 보초를 서지 않고 잠에 들었을까? 너무 긴장을 놓았다. 나는 서둘러 옷을 걸치고 밖으로 나가 보았다. 다행히 권력자들이 지나갔다. 우리집도 썩 안전한 곳은 아니게 되었다.

나는 다시 집으로 돌아와 아이들을 깨웠다.

"얘들아, 어서 준비해."

"이 이른 아침에? 갑자기?"

룬이 내가 깨우는 소리에 가장 먼저 일어나서 귀찮은 듯한 모습으로 말했다.

"우리 이럴 시간이 없어. 우린 곧 권력자들에게 들키고 말 거야."

"그럼 지금 당장 어떻게 하려고?"

"우리 푸른 빛과 그 아이를 찾아보자."

"아침부터 깨운 이야기가 그거야? 그거 전설이잖아. 아침부터 왠 뜬금 없는 소릴 하고 있냐."

룬은 어이가 없는 표정으로 말했다. 하긴 그럴 만도 하지 아침에 일어나자 마자 이 이야기를 하고, 또한 푸른 빛과 그 아이가 있다는 건 나도 확신을 갖지 못하는 부분이다. 하지만 우리에겐 어찌할 바가 있을까? 이미 권력자들에게 숨어사는 셈인데 말이다.

"하지만, 이게 우리의 유일한 희망일 수 밖에 없는 걸?"

룬은 그 말을 듣자 다시 자세를 고쳐 앉더니 나에게 말했다.

"이건 우리 둘이서 해결 할 수는 없으니까, 애들 다 깨우고 이야기 해 보자. 아침부터 이러지 말고."

"하긴 내가 생각해도 어이없긴 하다. 맞다! 하지만 방금 경보기가 울렸었어!"

"뭐?! 잠시만 앞 뒤가 안 맞잖아!"

룬은 깜짝 놀란 듯 벌떡 일어났다. 아이고 내가 괜한 말을 했나 보다.

"그래서 아침 일찍 깨우고 뜬금없는 소릴 한 거야?"

"뭐 그렇게 됐네. 근데 다행히도 지나가기만 했어."

룬은 어이없는 표정을 짓고는 겉옷을 걸쳤다. 그리고선 신발을 신고 집 밖으로 나갔다. 그 사이에 문을 열고 나가서 찬 바람이 들어와 추웠는지 린이 짜증을 내며 일어났다.

"아 왜 이렇게 추워."

그러고는 겉옷을 주워 입고는 다시 잠에 들었다. 하여간 린은 못 말린다. 나도 금새 추워져서 창고에서 이불 서 너 개를 더 들고 와서 자리를 잡고 누웠다. 내가 자리를 잡고 누워 있을 동안 룬은 밖을 한번 둘러보고 왔는지 두리번두리번거리며 집으로 들어왔다. 룬도 추웠는지 내가 가져온 이불을 몇 장 가져가서 자리를 잡고 누웠다.

언제 잠이 깊게 들었을까? 일어나보니 애들이 나를 깨우고 있었다.

"언니! 도대체 얼마나 잔 거야."

루아가 나에게 투정을 부렸다.

"야 지금 해가 어디있는지 알기나 해?"

룬이 내 몸 위에 있던 이불을 치우며 말했다.

"한 정오 즈음 되지 않았나?"

나는 자리를 고쳐 잡으면서 이야기를 했다.

"그 정도 밖에 안 되었겠니."

린이 한숨을 쉬며 대답했다.

"그럼?"

나는 의아하며 물었다.

"오후다."

릭이 말했다. 이럴 수가 나 도대체 얼마나 잔 걸까. 분명 아까 잠이 들었을 때는 새벽이었는데 말이다. 나는 벌떡 일어났다. 시간이 벌써 이렇게 되다니. 룬이 내 옷과 배낭을 챙겨주며 말했다.

"애들한테 다 이야기 했는데, 우리 네가 말한 그 희망 하나라도 잡아보기로 했어. 잘 이끌어 줄 거지?"

나는 옷을 껴입으며 멍한 표정으로 룬을 바라 보았다. 모두가 동의 했을 줄은 예상하지 못했기 때문이다.

"너네 위험을 무릎 쓰고서 떠나는 여행인 것 정도는 예상하고 있었겠지? 우리 같은 어린 아이들은 이번 여행에서 성공하지는 못 할 가능성이 매우 높은데 괜찮겠어? 아니지. 한 마디로는 여행이 아니라 전쟁일 텐데."

"그래도 너 말대로 믿어야 본전이지. 우리는 우리들을 지켜주는 어른들 조차 없잖아."

그래 어차피 이렇게 하든 저렇게 하든 죽게 되는 건 마찬가지니까. 나는 웃음이 나왔다. 이 어린 꼬마 10명이 무엇을 할 수 있을지는 잘 알고 있기 때문이다. 나는 배낭을 매고 일어섰다.

"자, 챙길 거 다 챙긴 거 맞지?"

"응!"

루아가 힘차게 소리쳤다. 죽게 되는 것이 무섭지도 않은가 보다. 그렇다 우리에게는 두려움이 아닌 증오와 복수심만이 남아 있기 때문이다. 나는 창고에서 총을 꺼내 들었다.

"아니 잠시만 총이 더 있었어? 학교에 있는 것이 전부가 아니었어?"

릭이 화들짝 놀라며 나에게 물어보았다.

"레이아 너 총 전부다 학교에다가 놓았다고 하지 않았어?"

린이 나를 째려 보았다.

"내가 위험하다고 말했었잖아!"

"어쩌다가 이렇게 되었네."

나는 멋쩍게 웃으며 총을 어깨에 매고 아이들에게 총과 총알 여러 개를 하나씩 쥐어주었다.

"선생님들이 총 쏘는 법 알려 주셨지? 그대로 하는 거야."

나는 아이들에게 단단히 일러두고 우리는 구명보트에 올라탔다. 다행히 오후라서 권력자들이 별로 없을 것이다. 나는 그래도 혹시 몰라서 좌우를 살피며 노를 저어 갔다. 목숨을 건 숨바꼭질이 본격적으로 시작 되었다.

3. 나의 이보

바다에 나온 지 약 6시간이 경과했다. 큰일이 났다. 밤이 깊어가고 있었다. 밤이 깊어가고 있다는 것은 권력자들이 나오기 시작했다는 뜻이다. 이거는 예상을 하지 못했다. 서둘러 아무 섬이나 찾아야 한다. 다른 애들도 걱정이 되었는지 계속 두리번두리번거렸다.

나는 노를 젓고 있는 릭과 룬을 쳐다보며 눈치를 주었다. 릭과 룬도 나와 같은 생각이었는지 망원경을 꺼내 들었다. 나는 망원경을 받고 주변 섬을 둘러보기 시작했다. 그때였다. 하늘에서 미사일이 바다로 떨어졌다.

"풍덩!"

그 덕분에 몸이 쫄딱 젖고 안 그래도 파도가 높은데 더 위험해졌다. 릭과 룬은 권력자들 눈을 피하기 위해 노를 힘껏 저으며 파도가 높은 곳으로 향했다. 나와 린도 노를 집어 들어서 노를 젖는 것에 힘썼다.

한동안 추격전이 일어난 후 우리는 간신히 권력자들을 따돌렸다. 우리는 기진맥진해진 상태로 드디어 섬을 발견했다. 그 섬에는 작은 초가집이 하나 있었다. 그래도 우리는 살기 위해 문을 향해 다급하게 소리쳤다.

"제발 하룻밤만 머무르게 해주세요!"

그러자 안에서는 마른 몸에 키가 크고 젊고 누가 봐도 예뻤지만, 머리카락이 없고 푸른색 피부를 가진 여자가 나왔다. 여자는 우리를 보고 깜짝 놀라며 말했다.

"너희 지구인, 아니 인간이니?"

"네 제발 안으로 들여보내주세요!"

여자는 망설임 없이 바로 우리 10명을 집안으로 들어오게 했다. 루아는 무서운지 내 팔을 꽉 잡고 있었다. 우리는 초가집에 들어와 앉아서 잠시 숨을 돌리면서 말했다.

"인사가 늦었네요. 정말 감사해요. 하마타면 큰일날 뻔 했어요."

"......"

여자는 아무 말도 하지 않고 보라색 빛이 도는 눈동자로 우리를 한참 동안 빤히 쳐다보더니 입을 열었다.

"혹시 각자의 이름을 좀 알려줄 수 있니?"

나는 정신을 차렸다. 아무리 우리를 도와준 사람이라도 이름이나 그런걸 알려주면 우리가 위험해 진다. 나는 여자를 잠시 경계했다.

"아 의심이 되는구나. 그럴 수 있지. 너희는 지금 계속 도망을 치고 있으니까. 그럼 내 소개부터 하면 나아 질려나?"

여자가 한 말은 이러하였다.

자신은 홀로그램 행성에서 온 '이보'라는 여자이고, 자신의 행성이 권력자들의 의해 파괴되어 노비로 여기 지구로 끌려와 과학의 기술을 권력자들에게 제공을 했었다고 한다. 지금은 권력자들이 자신들의 두뇌와 지식들을 가져가려고 동족을 학살했다고 한다. 그래서 이 섬을 홀로그램으로 만들어서 권력자들이 자신들을 못 찾게 하고 있다고 한다.

또한 자신들은 권력자들에게 모든 것을 빼앗겨서 하루가 지나면 새로운 기억들이 사라져서 보랏빛 눈동자에 이름과 모습 저장한다고 했다. 또한 자신들의 치명적인 단점은 폭발물을 감지하지 못할 뿐만 아니라 폭발물이 있으면 그쪽으로 계속 무언가에 홀린 듯 따라간다고 한다.

"자 이제 나에게 너희의 이름을 알려줄 수 있겠니? 너희들이 알려주어야지만, 너희를 계속 보호해줄 수 있어."

나는 잠시 고민을 하고 이름을 알려주었다.

"저는 래이아이고 이쪽은 루아, 락희, 라민, 린이에요 저기 있는 남자애들은 앉은 순서대로 룩, 롯, 루이, 룬, 릭이에요"

이보는 고개를 끄덕이더니 갑자기 뒷문을 열어 우리를 안내하였다. 뒷문을 열자 멋진 수영장과 세련된 주택들이 눈앞에 펼쳐졌다.

"아까 초가집은 우리가 홀로그램으로 만든 눈속임 이었단다 이곳이 우리가 진짜 사는 곳이니 맘 놓고 편하게 있으렴"

우리는 이보의 안내를 따라 각자 한 방씩 빌리게 되었다. 나는 방에 들어가 배낭을 내려놓고 침대에 털썩 누웠다. 처음 누워보는 이 포근함. 나의 13년 인생 처음으로 이런 포근함을 느껴보았다. 나는 일어나서 이보에게 지금까지의 이야기들을 쭉 설명해주었다.

"잠시만 푸른 빛을 찾는다고 했니?"

"네. 그리고 그 아이를 찾고 있어요."

이보는 놀란 표정을 지었다.

"참 용감하구나. 근데 내가 푸른 빛이란 걸 줄 수 있을 것 같아"

"정말이요? 푸른 빛은 어떻게 생겼나요?"

"푸른 빛은 조각의 형태로 띄어 있어. 지금은 각자 다른 크기로 3등분이 되어있어. 그리고 그 중 나는 조각들 중 가장 큰 조각을 가지고 있어."

이보가 주머니에서 마치 구의 형태를 하고 있는 모양이 조각조각 나누어 놓은 듯한 모습이었다. 그 조각은 맑고 푸른 빛을 뿜어내고 있었다. 마치 옛날의 지구처럼. 나는 한참 동안 조각을 쳐다보았다. 그 조각은 매우 아름다웠다.

"이보, 이게 제가 찾던 푸른 빛이 맞는 것 같아요!"

"그래? 그럼 얼마든지 줄 수 있단다! 자 이것도 가져가렴"

이보는 조각을 나에게 건네면서 끈도 하나 건네 주었다.

"끈은 왜 주시는 건가요?"

"원래는 목걸이의 형태였던 것 같아서. 그리고 네가 차고 다니면 왠지 잘 어울릴 것 같구나."

이보는 조각을 끈에 묶어서 내 목에 걸어주었다.

"역시 잘 어울리는구나. 근데 한국인이라고 했나?"

"네, 선생님께서 유전자를 보니 저는 한국인이라고 했어요".

이보는 의아하며 말했다.

"이상하다. 한국인은 검정색이나 갈색 눈동자와 머리카락을 가지고 있고, 다른 나라 사람들은 권력자들의 의해 에매랄드 빛 눈동자와 푸른 빛의 머리카락을 가진 인간들은 모두 죽었는데."

"왜 권력자들은 그 인간들만 죽였나요?"

"그야 자신들과 같아서기 때문이지. 이제 온 우주에서는 푸른 빛을 가진 머리결과 에매랄드 빛을 가진 생명체는 권력자들 밖에 없단다."

이보는 나를 계속 의아한 눈빛으로 바라 보았다. 하긴 나도 항상 의문이었다. 언제부터 머리와 눈동자가 이런 색깔 이었는지. 이보는 나에게 제안을 했다.

"다시 한번 유전자 검사를 해보겠니? 우리 섬에서는 만약에 숨겨진 유전자가 있으면 그것까지 찾아낼 수 있거든. 네가 마지막 한국인인지, 권력자인지 말이다."

나는 망설임 없이 고개를 끄덕였다. 그러자 이보는 내 혈액을 조금 뽑아간 뒤에 일주일 뒤쯤이면 결과가 나올 것이라고 했다.

나는 이보와의 대화를 마치고 주변을 둘러보았다. 밖으로 나가 보니 수영장에서 애들이 신나게 놀고 있었다. 수영하며 놀고 있던 린이 웃으며 소리쳤다.

"레이아! 어디 갔었어. 오늘만큼은 맘 편히 놀자!"

나는 방에 들어가서 옷을 갈아입은 뒤에 수영장에 들어가서 아무 생각 없이 신나게 놀았다. 밤 늦게까지 놀다가 침대에 누웠다. 잠에 들기가 이상했다. 이렇게나 아무 생각이 없었던 건 처음이었다.

다음날 아침이 밝자 이보가 우리에게 총들을 나누어 주며 말했다.

"너희 총 한번도 안 쏴 봤지?"

"아......네 어떻게 아셨어요?"

나는 당황하며 이보에게 물었다.

"딱 봐도 총 연습을 안 한 것처럼 보여서."

이보는 우리를 사격장으로 데려갔다. 그리고는 우리를 한 명씩 세워두고는 자세를 잡아주며 방법들을 알려주었다. 또한 제대로 된 교육도 우리에게 해 주었다. 지구에 관한 역사와 진실들, 지금까지 일어난 일들을 다 설명해주고 가르쳐 주었다.

그렇게 일주일이 지났다. 우리는 여느 때처럼 맘 편히 그곳을 생활하였다. 물론 중간 중간 룬, 린, 릭과 함께 이곳을 떠나게 된다면 어떻게 해야 할지 이번에는 계획도 조금씩 세워 보았다. 그때였다. 루아와 함께 총을 쏘는 연습을 하고 있는데 갑자기 문을 두드리는 소리가 들려왔다.

"쿵쿵쿵-"

나는 이보를 찾아갔다. 이보는 나를 보고는 조용히 하라는 손짓을 했다. 그리고서는 문 앞으로 천천히 다가갔다. 이보가 문 밖으로 향해 말을 했다.

"누구세요?"

"여기 혹시 지구인을 보셨나요?"

이런 젠장, 권력자들이다. 나는 총을 들고 이보를 바라보았다. 이보는 아직이라는 포즈를 지었다. 계속해서 권력자들이 물었다.

"들으셨나요? 지구인을 보셨냐 고요."

이보가 딱 잘라 말했다.

"아니요. 그만 돌아가 주세요."

"정말입니까? 어쩔 수 없군요."

밖에서 무언가 설치하는 소리가 났다. 그러자 이보가 문을 열어주려고 했다. 아차 권력자들이 폭발물을 설치했나 보다! 무언가 타는 냄새와 초침 소리가 들리기 시작했다. 나는 필사적으로 이보를 막았다. 내가 이보를 막는 것을 보고는 린이 다급하게 소리쳤다.

"다들 어서 피해!"

그러자 아이들은 빠르게 짐을 싸기 시작했다. 룬은 짐을 다 싸고 나에게로 와서 이보를 막는 것을 도왔다. 나는 룬과 함께 이보를 막는 것에 성공했다. 이보는 정신이 돌아왔는지 나에게 다급하게 무언가를 쥐어주며 말했다.

"이것이 너의 유전자 검사 결과야. 절대 다른 사람에게 보여주어서는 안돼!"

이보는 나에게 작게 속삭였다. 그러고 이보는 우리를 섬 뒤편으로 안내했다.

"그 동안 너무 감사했고 죄송해요."

"시간이 없어. 어서 나가렴."

애들은 그만 눈물을 터뜨렸다. 나도 눈물이 나올 뻔했지만 울지 않았다. 내가 마지막으로 나가려고 하자 이보가 나를 잡고 귀에 속삭였다.

"푸른빛의 조각을 꼭 더 찾아서 완성 시키길 바래 그리고......"

그리고는 이보가 나를 꼭 껴안아 주었다. 나는 이보의 마지막 말을 이해 할 수 없었다. 아아 또 이별을 하는구나. 이보와 함께 가자고 했지만 이보는 여기에 남아서 권력자들과 협의를 맺어 보겠다고 했다. 내가 할 수 있는 것은 이보가 살아있기만을 기도하는 것뿐이었다. 나는 섬 뒤편으로 나와 구명보트에 탔다. 그때 락희, 라민이 구명보트에서 뛰어 내렸다.

"락희! 라민! 너희 뭐 하는 거야!"

그 둘은 우리를 멍한 표정으로 보고 있었다. 나는 최대한 락희와 라민을 붙잡으려고 했으나 이미 보트는 파도에 쓸려서 섬과 멀어져만 갔다. 나는 주저 앉았다. 둘은 왜 그런 걸까? 나는 고개를 저었다. 이미 그 애들이 선택한 일이니 그만 잊기로 했다.

내 목을 보니 푸른 빛 조각이 빛나고 있었다. 반드시 푸른 빛 조각을 찾으리. 룬이 나를 다독여 주었다. 하지만 불행은 연달아 오는 것일까? 룩이 갑자기 쓰러졌다. 우리는 모두 깜짝 놀랐다. 왜 쓰러진 졌는지 확인해보니 독이었다.

나는 룩이 들고 있던 물병을 보았다. 누군가 독을 타 놓았다.

우리 것도 전부 열어보니 독이 묻어 있었다.

"대체 누가 이런 짓을……"

린이 놀라며 소리쳤다.

"락희와 라민!"

나는 둘이 왜 내렸는지 알 것 같았다. 우리는 혹시 몰라 배낭에 있는 식량을 모조리 확인해 보았다. 다행히 인지 불행인지 각자의 물병 하나씩에게만 독이 묻혀져 있었다. 린은 독이 묻은 물병을 저 멀리 던져 버렸다.

우리는 룩을 바다에 띄워 보내주었다. 파도가 넘실넘실거렸다. 그럴수록 룩의 시체는 멀리 멀리 떠내려 갔다. 우리는 갈 곳을 잃었다. 일단 생명을 유지 할 수 있는 간단한 섬을 찾도록 했다. 다시 이런 일이 일어나서는 안 된다.

밤이 깊어갈 수록 파도는 더욱 더 넘실넘실거렸다. 즉 곧 권력자들이 활동할 것이다. 최대한 빨리 작은 외딴 섬이라도 찾아야 한다. 하지만 그러기에는 이미 모두가 지쳐있었다.

이미 루아와 루이는 구명보트 구석에서 잠들어 있었다. 린은 어떻게든 잠에 들지 않으려고 바닷물에 세수를 하거나 물을 마시고, 노를 젓고 있던 나와 릭, 룬, 롯은 힘이 다 빠진 상태였다.

나는 한가지를 제안했다.

"우리 다 이미 지쳐있는데 모두가 잠에 들면 위험하니까, 돌아가면서 한 사람씩 깨어있기로 하자."

그 4명은 제안이 솔깃했는지 바로 고개를 끄덕였다. 첫 번째는 내가 먼저 깨어있기로 했다. 나는 달과 별이 밝게 빛나고 있는 하늘을 쳐다보았다. 오늘의 달은 보름달이다. 나는 혹시 몰라서 푸른 빛의 조각을 달 위에 포개어 보았다. 푸른 빛 조각의 원래 형태가 동그란 구의 형태가 맞는 것 같았다.

한참 시간을 때우고 있을 때 누군가가 나를 불렀다.

"레이아."

내가 깜짝 놀라서 뒤를 돌아보니 룬이 일어나서 나를 바라보고 있었다.

"아이 깜짝 놀랐네 왜 일어났어? 아직 교대는 안 해줘도 괜찮은데."

"그래? 나는 그냥 잠이 안 와서."

룬은 다시 자세를 고쳐 잡았다.

"아까 오후에 섬에서 나올 때 이보가 너에게 종이를 쥐어주던데 그 종이는 뭐야?"

"아 그거? 내 유전자 검사 결과 나온 거."

"그래서? 어떻게 나왔어? 생각해 보니까 너는 한국인이 아니라 혼혈일 수도 있겠다."

"그러게 나도 궁금해. 언제부터 이런 색깔들이었는지."

"아직 검사 결과 나온 거 안 봤어?"

"응 아까 계속 도망치고 그래서 정신이 하나도 없어서 못 봤지"

나는 주머니에 들어있는 검사 결과를 만지작거렸다. 읽어볼 용기가 나지 않기 때문이다. 내가 한국인이 아니라 혼혈이라면? 한참 동안 생각에 잠겨있었다.

"레이아? 너 무슨 문제 있어?"

아 너무 오랫동안 생각에 잠겨 있었나 보다.

"아 미안. 결과를 보는 것이 약간 두려워서."

"네가 한국인이 아니라 혼혈일 수도 있어서? 근데 그건 색을 입힌 걸 수도 있잖아 너도 그렇게 알고 있지 않았어?"

"그렇긴 해. 근데 내 고민을 어떻게 바로 알았냐? 너도 참 신기해."

"그야 너를 잘 알고 있으니까. 네가 우울할 때도 기분이 나아지게 해주는 방법도 알고 있지. 정 불안하면 이렇게 해봐."

나는 룬을 쳐다보았다. 룬은 종이를 반으로 접어 자신의 주머니에 넣은 뒤 하늘로 손가락을 가리켰다. 나는 룬이 가리킨 곳을 올려다 보았다. 예쁜 은하수가 지나가고 있었다. 아까는 보지 못했던 풍경이다. 나는 감탄을 하며 룬을 바라보았다.

"이제 눈을 감아봐."

나는 룬의 말대로 눈을 감아 보았다. 파도 소리가 들려 왔다. 잠이 왔다. 아아, 잠에 들면 안 되는데. 그러면서도 어느 샌가 나는 잠에 들어 있었다. 잠에 들면서도 누군가 나를 눕혀주는 느낌이 들었다.

그 다음은 아무 것도 기억이 나지 않았다. 그렇다. 나는 잠에 들어버렸다. 세상 모르고 깊고 깊은 잠에 빠져 들었다. 홀로그램 섬에서 느껴본 다음으로 두 번째로 느껴보는 포근함이었다.

4. 어쩔 수 없는 선택

눈을 떠보니 아침이 밝아 있었다. 옆을 보니 아직 다 잠을 자고 있었다. 허리가 아파왔다. 아무래도 잠을 잘못 잔 것 같았다. 아차! 잠시 잊고 있었다. 어제 교대를 해 주었어야 했는데 말이다. 다행히 아무 일도 없었으니 망정이다. 다음부터는 위험할 수도 있다.

나는 자세를 고쳐 잡은 뒤에 여기가 어디쯤 인지 대강 확인을 해 보았다. 하지만 주변은 온통 바다뿐이었다. 나는 가방에서 서둘러 나침반을 꺼내 보았다. 나침반을 보니 우리는 대강 서쪽에 있었다.

나침반을 보던 도중 루아가 깨어났다. 곧이어 루이, 롯, 룬, 릭, 린 모두가 다 일어났다. 우리는 다시 정신을 바짝 차렸다. 그러고선 며칠 동안 계속 바다를 나아갔다. 물론 죽을 수도 있었던 위험한 상황들도 닥쳐왔다.

그러던 어느 날 계속 나아가던 도중 큰 산지대의 섬을 발견했다. 우리는 바로 그 섬 앞으로 다가가기 시작했다. 얼마 만에 도착한 섬인지 모른다. 마침 식량도 다 떨어져가고 있던 참이었다. 또한 권력자들에게 위치가 노출 되었을 뻔 했었던 적도 있었다.

우리는 보트에 내려서 배낭을 매고 산을 올라가기 시작했다. 한참을 올라가보니 잘 가꿔진 밭들과 나무로 만든 작은 2층 집이 보였다. 하지만 꼼꼼하게 보지 않는다면 잘 보이지 않을 위치에 있었다.

우리는 그곳을 발견하자마자 그곳으로 뛰어갔다. 역시나 그곳에는 사람이 살고 있었다. 우리는 집 앞 문을 두드렸다. 그러자 키가 다소 작은 30대 후반처럼 보이는 일본 여자가 나왔다.

"누구시죠?"

그 일본인은 나의 머리색깔과 눈동자 색을 보고 눈을 찌푸렸다. 아 사람들 눈에는 내가 권력자들처럼 보일 수도 있겠구나. 그 모습을 본 린이 서둘러 설명을 했다.

"아 다소 저 아이가 권력자들처럼 보일 수도 있지만, 제 친구는 지구에 딱 하나 남은 한국인이에요! 머리카락과 눈동자는 색을 입힌 거래요!"

"맞아요. 못 믿으실 수도 있으시지만 진짜에요! 저희 좀 도와

주실 수 있나요?"

룬까지 설명을 덧붙였다. 그러자 일본인은 잠시 고민하더니 입을 열었다.

"그래요. 믿어 줄게요. 같은 지구인들끼리 뭉쳐야죠. 특히 어린아이들은 위험하니깐요. 추우실 텐데 얼른 들어와요. 당분간은 우리 집에서 살아요."

일본인은 우리를 집 안으로 들여왔다. 그리고 일본인은 차 한 잔씩 주며 우리에게 말을 걸었다.

"다들 고생이 많네요. 상황이 많이 악화 되었나 보네요. 이렇게 어린애들까지 움직이는 것을 보니."

그 일본인의 목소리는 참 보드라웠다. 약간 마음이 안정되는 느낌이었다.

"혹시 이름이랑, 그간 무슨 일이 있었는지. 알려주실 수 있나요?"

우리는 지금까지 있었던 일을 말하였다. 그러나 푸른빛의 조각에 대해서는 언급하지 않았다. 단지 그저 무언가를 찾기 위해, 살아남기 위해 돌아다니는 것이라고만 했다.

"참 많은 일이 있었네요. 아 제 소개가 늦었네요. 그냥 저를

'마시'라고 불러 주세요."

마시는 10년전 가족들과 헤어지고 이 외딴섬에 권력자들의 눈을 피해 지금까지 살아오고 있었다고 했다. 그리고 여기에 있는 동안 자신을 엄마라고 생각하고 편하게 대해 달라고 했다.

마시는 우리를 2층으로 안내했다. 2층에는 총 3개의 방이 있었다. 린은 릭이랑 방을 같이 쓰고 롯과 루이, 룬이 같은 방, 마지막으로 나랑 루아가 같은 방을 쓰기로 했다. 우리는 서둘러 짐을 풀었다.

그리고는 옷을 갈아입고 바로 침대에 누웠다. 얼마 만에 다시 찾아온 평화인가. 우리들은 지친 나머지 그날은 도착해서 계속 침대에만 누워 있었던 것 같다. 다음날 아침에 마시가 우리를 깨웠다.

"얘들아, 내려와서 아침 먹지 않을래?"

우리가 늦장을 부리느라 대답이 없자 마시가 부드러운 목소리로 말했다.

"얼른 안 일어나니~ 음식 다 식는다. 빨리 일어나서 밥 먹자."

그러자 우리들은 하나 둘 깨어나서 밑으로 내려가기 시작했다. 밑으로 내려가 보니 맛있는 냄새가 풍겨왔다. 마시는 우리에게 자리에 앉으라고 손짓했다.

"그럼 잘 먹겠습니다."

루아가 가장 먼저 수저를 들며 말했다. 그리고 우리들도 덩달아 먹기 시작했다. 한 평생 라면과 통조림, 비상 식량만 먹은 우리에겐 처음 먹어보는 맛이었다. 말로 표현할 수 없을 정도로 정말 맛있다. 그런데 린이 의심을 하며 마시에게 물었다.

"왜 저희를 거두어 주셨죠?"

"응?"

마시는 어리둥절한 표정으로 린을 바라보았다.

"아니, 이상하잖아요. 저희를 처음 보는데도 집에서 같이 살게 해 주시고, 밥도 주시고, 그리고 저희 말도 이상하게 다 믿으셨잖아요. 물론 제가 믿어 달라고 애원하기는 했지만. 저는 이해가 안 가거든요. 그래서 겁이 나요. 당신이 우리들을 언젠가는 버릴 수도 있으니까."

린은 울먹이며 말을 이어갔다.

"혹시 밥에 독이라도 타서 우리를 죽이려고 한다면 어떡해요? 아니면 갑자기 저희를 버리시면요?"

마시는 잠자코 린의 말을 들었다. 린의 말이 틀린 건 아니었다. 나도 린처럼 두렵다. 홀로그램의 섬처럼, 학교에서처럼 소중한 누군가와 강제로 헤어지거나 아니면 세상처럼 우리를 버릴지 말이다. 린이 말을 이어갔다.

"그러니까 제 말은 계속 저희 곁에 있으실 거죠? 세상처럼 저희를 버리지 않을 거죠? 저희를 거두어주신 만큼 책임을 다 하실 거죠?"

그러자 마시는 린에게 다가가 린을 꼭 안아 주었다.

"그럴 일은 없으니까, 나와 함께 있을 때에는 맘 편히 지내렴. 얼마나 맘 고생이 많았을까."

린은 아이처럼 엉엉 울음을 터뜨렸다. 그러자 루아도 울음을 터뜨렸고 다른 애들도 눈물을 훔쳤다. 나는 나오는 눈물을 참으면서 입에 밥만 잔뜩 욱여 넣었다.

그날 후로 우리는 마시의 농사일을 도우며 행복한 나날을 보내며 푸른빛의 조각을 점차 잊어 갈 때쯤이었다. 마시네 집에서 지낸 지 두 달 가까이 되고 있었다. 우리는 마시와 더 친근해져서 이젠 '엄마'라고 부르기 시작했다.

어느 날 나는 엄마를 도와 창고 정리를 하고 있었다. 그러다가 내 배낭에서 다시 푸른빛의 조각을 발견했다. 두 달 여전에 찾았던 조각이었다. 나는 배낭에서 조각을 꺼내 보았다. 아직도 조각에서는 푸른빛이 영롱하게 빛이 나고 있었다.

나는 조각을 꺼내어 밭에 있는 룬을 불렀다.

"룬-! 잠시만 와봐-!"

롯과 함께 밭을 가꾸고 있던 룬은 고개를 돌려 나를 쳐다보았다.

"왜-!"

내가 룬에게 손짓을 하자 룬은 롯에게 말한 뒤 장갑을 벗으며 나에게 다가왔다.

"왜 불렀어?"

나는 주변을 두리번두리번거리며 룬을 창고로 끌어당겨서 들어왔다. 누가 볼까 봐 문도 잠갔다. 그리고는 주머니에 넣어두던 푸른빛의 조각을 꺼내었다.

"우리 언제까지 여기에 있어야 할까? 아무리 안전하다고 해도 나중에 권력자들이 찾아내서 엄마를 위협하면 어떡해?"

나는 룬 얼굴에 조각을 들이 밀며 말했다. 그러자 룬이 조각을 유심히 보며 말했다.

"생각해보니, 아직 엄마한테도 말하지 않았구나."

"그러니까 이제 엄마한테 말해도 되지 않을까? 혹시 몰라 푸른빛에 대해 알고 있을 수도 있어."

"그런데 굳이 우리가 푸른빛의 조각을 찾아야 할까?"

"뭐라고?"

나는 잠시 당황했다. 굳이 왜 찾아야 한다니 우리가 직접 권력자들을 없애기로 했었는데 말이다.

"왜라니? 우리의 목적이었잖아."

"그렇지만 우리는 다른 목적이 생기지 않았어? 지금 이 순간이 우리의 새로운 목적이 되면 안돼?"

"룬! 정신차려 지금이 영원하지는 않아 곧 권력자들이 우리를 찾으러 올 거야. 그렇게 되면 엄마, 아니 마시가 위험해지셔. 그러니 우리도 이제 우리의 목적을 향해서 가야해......"

나는 내가 말하면서도 눈물이 나왔다. 애써 눈물을 머금고 룬에게 말을 이어갔다.

"네가 마시에게 말하는 걸 원하지 않아도 나는 오늘 마시에게 말 할거야 어쩔 수 없는 선택이야 내가 말해주지 않아도 언젠가는 들키니까......"

　나는 말 끝을 흐리며 창고 문을 열었다. 룬은 눈에 초점이 사라졌다. 그럴 수 밖에 없겠지. 모두가 지금 이 순간이 행복한데. 나는 룬을 지나쳐서 마시에게 갔다.

　"마시, 저 할 말이 있어요."

　저녁을 만들고 있던 마시는 도마에 있는 채소를 썰다가 말고 손을 앞치마에 닦은 뒤 나를 바라 보았다.

　"그래, 무슨 일 있니?"

　나는 마시의 목소리를 듣자 눈시울이 붉어졌다.

　"그게 말이죠...... 저희 곧 여기를 떠나야 할 것 같아요."

　"그게 무슨 말이니? 여기를 떠나다니?"

　마시는 당황하며 나를 바라 보았다.

　"마시, 저희가 마시에게 말씀 안 드린 것이 하나 있어요."

　마시는 붉어진 내 눈시울을 보며 나를 의자에 앉혔다.

　"우리 저녁 먹으며, 다 같이 이야기 해보는 건 어때?"

　나는 고개를 저었다. 이 이야기를 다른 애들은 기억하고 싶지 않을 테니까.

"아뇨, 둘이서만 이야기해요."

"그래. 그럼 잠시만 소파에 앉아서 기다릴래?"

마시는 나를 소파에 앉게 하고는 부엌에서 따뜻한 차 한잔을 가져왔다.

"차야. 차 한잔 마시면서 이야기 해 보자."

나는 차를 홀짝였다. 달콤하고 쌉쌀한 차를 마시니 눈물을 참기가 더 어려워졌다.

"그래. 왜 다시 떠나려고 하니?"

마시는 잠시 차를 내려 놓더니 나에게 물었다.

"저희는 사실 푸른빛을 찾기 위해 지구를 떠 돌아다니고 있어요."

나는 마시에게 주머니에 넣어두던 푸른빛의 조각을 보여주었다.

"또한 권력자들에게 감시까지 붙어서 언젠가는 들키게 될 거에요. 그래서 다시 이 섬을 떠나려고요."

마시는 아무 말도 하지 않았다.

"혹시 푸른빛 조각을 가지고 계시거나 아는 정보 있을까요? 일주일 내에는 떠나야 할 것 같아서요......"

나는 말을 마치자 눈시울이 또 다시 붉어지기 시작했다. 이번에는 마시도 마찬가지이었다. 마시는 눈물을 닦으며 조용한 목소리로 나에게 말했다.

"푸른빛의 조각은 내가 가지고 있지는 않지만, 조각 중 하나는 권력자들 섬에 있을 거야. 그런데 많이 위험할 거야."

나는 차를 내려 놓고 마시에게 부탁을 했다.

"조각이 권력자들 섬에 있으면 저희는 내일 바로 떠나야 할 것 같아요. 그런데 혹시 루아랑 루이를 맡길 수 있을까요? 너무 어려서요."

마시가 나의 손을 꼭 잡으며 말했다.

"당연하고 말지......"

"그러면 혹시 이 일을 루아와 루이에게는 비밀로 해주세요."

마시는 조용히 고개를 끄덕였다.

"오늘은 1층에서 애들이랑 잘게요. 내일 바로 새벽에 출발해야

해서요.

　오늘만 루아랑 루이를 데리고 2층에서 주무시세요."

　마시는 고개를 끄덕이며 말했다.

　"그래. 내일 새벽에 내가 식량이랑 그런 것들 넉넉히 다 챙겨 주마. 그래도 지금은 다 같이 저녁 먹자."

　마시는 일어나더니 다시 부엌에서 저녁을 만들었다. 나는 방에서 뜨개질 하고 있는 린과 릭이 있는 곳으로 갔다. 방문을 열어보자 린과 릭이 목도리를 만들고 있었다.

　"어? 레이아 혹시 저녁 준비 다 되어서 부르려고 온 거야?"

　린이 방문 앞에 서 있는 나를 보며 물었다.

　"아니."

　"그러면?"

　나는 심호흡을 한 뒤 둘에게 말했다.

　"얼른 짐 싸. 내일 새벽에 권력자들 섬으로 출발할 거야."

　린과 릭은 잠시 당황한 듯 보였지만 침대 위에서 내려와 나에게 다가왔다.

"예상은 하고 있었어. 룬이 우리에게 아까 너와 나누었던 이야기 들려주더라."

"씁쓸하다. 우리가 여기 온지 두 달이 넘었지? 시간 참 빠르네 ......"

린과 릭은 아쉬운 표정을 지었다. 린의 눈에는 눈물이 살짝 고여있었다.

"그러면 우린 짐 싸고 내려갈게."

나는 방문을 닫고 나왔다. 문을 닫고 나오니 롯과 룬이 배낭을 매고 있었다.

"설명 안 해줘도 돼. 이미 마시에게 들었어 저녁 먹으러 내려와."

나는 고개를 끄덕인 뒤 내 방에 들어갔다. 다행히 방 안에는 루아가 있지 않았다. 나는 서둘러 짐을 쌌다. 루아가 보기 전에 얼른 싼 뒤 창고에 숨겨 두었다. 그리고 푸른빛의 조각을 목에다가 걸었다. 짐을 다 싸고 창고에 넣으니 마시가 우리를 밑에서 불렀다.

"얘들아, 내려와서 밥 먹자."

"네 엄마-!"

루이 방에 있던 루아는 계단을 재빨리 내려갔다. 나도 루아를 따라서 1층으로 내려갔다. 부엌에 가보니 오늘따라 더 먹음직스러운 음식들이 차려져 있었다. 아무 것도 모르는 루아와 루이는 신이 나서 말했다.

"와-! 엄마 오늘따라 왜 이렇게 음식을 맛있게 만들었어요?"

"맞아요. 오늘 무슨 날이에요?"

마시는 애써 웃으며 말했다.

"글쎄, 나는 평소대로 했는데-?"

"그럼 잘 먹겠습니다!"

루아가 가장 먼저 수저를 들며 음식을 입에 넣었다. 루아의 표정은 정말 행복해 보였다. 루아가 먹자 나도 먹기 시작했다.

'오늘이 지나면 이 맛있는 음식도 따뜻한 집도 포근한 마시도 없겠지?'

나는 밥을 먹다가 괜히 울컥했다. 내가 결정한 일인데도 원망스러웠다. 그냥 여기서 계속 살고 싶었다. 푸른빛을 찾고 싶지 않았다. 이대로만 행복하고 싶었다. 다른 애들도 마찬가지이었나 보다. 린도 밥을 먹으면서 눈물을 훔쳤고 룬도 애써 웃으며 밥을 삼키고 있었다.

우리는 밥을 다 먹고 집 밖으로 나갔다. 그리고 평소처럼 풀밭에 누워서 별을 보았다. 그날은 특히 별이 더 반짝였다.

"어? 언니 저것 봐! 저 별 진짜 밝아!"

루아는 손으로 하늘을 가리키며 신이 났다. 나도 루아가 손으로 가리킨 곳을 보았다. 정말로 다른 별들에 비해 더욱 밝았다. 정말 예뻤다. 전에는 볼 수 없었었던 것이 눈에 보이니 조금 아쉽기도 했다. 목에 차고 있던 푸른빛의 조각도 밝게 빛났다.

우리는 별을 본 뒤 루아와 루이, 마시를 제외하고는 거실에 이불을 깔고 누워서 잠에 들었다. 잠에 들려고 할 때 내 옆에 누워 있던 룬이 나에게 말을 걸었다.

"레이아 혹시 자?"

"아니, 아직 안 자. 이제 곧 자야지."

그러자 룬은 내 쪽으로 몸을 돌려 물었다.

"우리가 권력자들 섬에 가도 되는 걸까?"

"……"

"우린 아직 훈련도 하지 않았잖아."

나는 아무 말도 하지 않았다.

"레이아 자?"

나는 또 다시 아무 말도 하지 않았다. 나는 그냥 자기로 했다. 내일의 일은 내일 생각하기로 하고 말이다. 다음날 새벽에 일어나서 나는 룬, 린, 릭을 깨웠다. 그리고 마시도 일어나서 부엌 쪽으로 가서 우리들의 식량과 물을 잔뜩 챙겨주었다. 우리는 창고에 숨겨 두었던 배낭을 꺼내서 섬 끝자락으로 향하였다. 마시가 우리를 마중 나왔다.

"몸 조심하고, 힘들 때 다시 얼마든지 찾아오렴."

"그 동안 돌봐 주셔서 감사합니다. 건강히 계세요."

마시는 우리들을 껴안아 주었다. 우리는 배에 올라 탔다. 앞으로 가야 할 길이 멀었다. 애써 나오는 눈물을 훔쳤다. 잘 있으세요, 다시 올 때까지 살아만 있어주세요. 고마웠어요.

속으로 마시에게 작별하고 마음을 잡고 있었는데 그때였다. 루아가 울면서 언덕을 뛰어내려 오며 눈물을 머금으며 나에게 소리를 질렀다.

"언니! 오빠! 다시 돌아와-! 얼른-!"

마시가 루아를 붙잡으며 달래었다. 애써 나는 웃으며 계속 노를 저어 앞으로 나아갔다.

5.   갈기 갈기 찢겨진

　마시를 떠나간 지 벌써 2주가 다 되어간다. 지칠 정도로 지쳤다. 뱃멀미는 기본이고 권력자들의 순찰이 더 강력해지고 있었다. 우리는 빨리 권력자들의 섬을 찾던가 해야 했다. 힘이 점점 빠져오고 있었다. 잠도 몇 주째 제대로 못 자고 계속 앉아있다만 보니 몸이 무거워졌다. 옆에 있던 롯도 힘들었는지 잠시 보트에 기대있었다.

　"풍덩-!"

　보트에 기대있던 롯이 그대로 물로 빠져 그대로 빠른 속도로 가라앉아 버렸다. 지쳐 있던 우리는 손을 쓸 세도 없이 동료를 한 명을 더 잃었다. 우리는 충분히 막을 수 있었다. 하지만 막지 못 했다. 아니 막지 않았다는 표현이 더 적합 할 수도 있다. 왜냐하면 롯이 깨어있었으니까, 그건 롯의 선택이었을 뿐이니까 말이다.

우리는 많이 냉정해지기로 했다. 어차피 죽을 거 권력자들이나 구경하고 죽는 편이 낫기 때문이다. 나는 그냥 정신만 바짝 차리고 망원경으로 주변을 둘러보고 있었다. 이럴 수가 내가 드디어 권력자들의 섬을 찾았다!

"야! 권력자들의 섬을 찾은 것 같아!"

"뭐?!"

기운이 없던 린, 룬, 릭은 정신이 돌아온 듯 했다. 우리는 노를 더 빨리 저었다. 총알을 피하기 위함이었다.

"탕탕탕-!"

권력자들은 벌써 총을 난사하고 있었다. 우리는 선착장에 아무렇게나 보트를 내버려 두고 각자의 배낭만 챙겨서 섬 안으로 뛰기 시작했다. 그러자 군인 권력자들이 우리 뒤를 쫓아오기 시작했다. 우리는 서로 눈빛을 주고 받고 흩어져서 전력으로 달리기 시작했다.

이렇게 우리가 열정적으로 달리는 이유는 푸른빛의 조각을 빨리 찾기 위함이었다. 나는 가뿐하게 군인들을 따돌리고 건물 속 안으로 들어가 달렸다. 무작정 건물에 들어오는 나를 보고 권력자들이 깜짝 놀라 비명을 질러대었다. (물론 얼굴을 볼 수 없도록 잠바 뒤에 달려있는 후드로 얼굴을 가린 채 거리를 활보했다)

그때 열심히 달리고 있는데 군인 권력자들 중 한 명이 소리쳤다.

"어이! 후드를 쓰고 달리는 꼬마야! 지금 그럴 시간이 없을 텐데 얼른 나와서 이걸 좀 봐보렴."

나는 물건들 사이에 숨어서 소리친 권력자를 바라보았다. 권력자는 무언가를 들고 있었는데 그건 다름 아닌 린 이었다.

"보고 있니 꼬마야? 한 번 보렴 너의 친구가 잡혔단다? 얼른 나오자, 꼬마야. 나오면 친구들이랑 조용히 보내줄게."

권력자가 광장에서 린을 들고 소리쳤다.

"아냐! 나오지마! 함정이야! 나를 버리고 도망쳐!"

린이 고래고래 소리를 질렀다.

"시끄러워!!"

권력자가 소리지르며 린의 뒤통수를 손으로 세게 때렸다. 그러자 퍽 소리와 함께 바둥바둥 거리던 린이 축 쳐졌다. 순간 눈이 아파왔다. 그러고는 권력자들을 린을 큰 보따리에 넣어서 단단히 줄로 묶은 뒤, 어디론가 유유히 사라져 버렸다. 하지만 다 사라진 것이 아니라 몇몇만 사라졌고 나머지는 우리를 찾고 있었다.

그 이후에도 권력자들은 나에게 소리쳤다.

"너의 또 다른 친구를 잡았으니, 이제 슬슬 나올까 꼬마야?"

그 다음엔 릭이, 그 다음엔 룬이 잡혔다.

나는 일단 도심 쪽이 아닌 외딴 곳으로 달렸다. 그러자 으리으리한 저택이 나왔다. 나는 대문을 두드렸다. 그러자 깔끔한 양복을 입은 노인이 점잖은 자세로 문을 열어 주었다.

나는 문을 열어주어도 고개를 푹 숙인 채 바닥만 보았다. 그러자 노인은 나에게 말을 걸었다.

"혹시 누구인가요? 군대에서 왔나요? 차림새를 보니 어딘가를 많이 돌아다니신 것 같아 보이네요."

나는 눈물을 바닥에 떨구었다. 그러자 노인은 당황한 기색으로 말하는 것 같았지만 표정이나 말투의 변화는 거의 없었다. 하긴 권력자들이니까.

"눈물을 흘리시는 것을 보니 엄청나게 힘든 일이 있었군요. 혹시 어디서 왔나요?"

"......들여 보내주세요."

나는 다짜고짜 어이없는 이야기를 했다.

"많이 힘든 일이 있었나 보네요. 들어오세요."

노인이 문을 열어 저택으로 안내했다. 성공이다. 권력자들은 불쌍한 생명체를 보면 마음이 흔들리는 점을 이용하여 일단 군인들에 의해 몸을 숨기는 것은 성공했다.

노인은 나를 소파에 앉혀두고 차를 한잔 나에게 건네주며 물었다.

"혹시 지구인 인가요?

나는 차를 한 모금 마시고 대답했다.

"아니요."

"그럼 우리와 같은 행성에서 왔나요?"

"아니요."

노인은 고개를 갸우뚱거리며 물었다. 물론 조금의 거짓말도 살짝 섞어서 답했다.

"그럼 다른 행성에서 왔나요?"

"아니요."

노인은 당황한 기색을 보였다.

"네? 그럼 어디서 왔나요?"

"글쎄요......저를 한번 보시고 추측 해 보실래요?"

나는 씩 웃으며 모자를 벗었다.

그러자 노인은 공포에 질린 얼굴을 하였다. 꽤 볼만 했다. 이 얼굴을 룬도 함께 봤으면 좋았을 텐데.

"제가 누구로 보이시나요?"

노인은 허탈한 웃음을 지었다. 그리고는 말했다.

"너였구나. 푸른빛을 찾는다는 그 아이."

"아 제가 벌써 유명해 졌나요?"

나는 능청스럽게 답했다. 그러자 노인은 잠시 자리를 일어난 뒤 한 상자를 가지고 왔다. 그리고는 상자를 열며 말했다.

"자, 여기 푸른빛이라네."

노인이 연 상자에는 푸른빛의 조각이 있었다. 원래 가지고 있던 푸른빛 조각과 모양을 맞추어 보니 쪼개어진 조각은 저절로 붙어졌다. 맞춰진 모양을 본 노인은 허리춤에서 검을 꺼내었다.

"이건 권력자들의 왕을 죽일 수 있는 아주 강력한 무기라네.

이건 딱 한번만 사용할 때 효력이 나타나니 신중하게 쓰게나. 물론 다른 경우도 있긴 하지만......"

노인은 검을 나에게 건네었다. 나는 검을 받아서 허리춤에 숨겼다. 그때였다.

"똑똑똑-"

저택의 문을 누군가 두드렸다.

"어르신 안에 계십니까-?"

권력자가 우렁찬 목소리로 노인을 불렀다. 노인은 나를 2층으로 올려 보내었다. 나는 2층 한 침실에 들어가서 창문을 바라보았다. 바깥에는 많은 권력자들이 저택 앞에 서 있었다. 그 중에는 내 또래로 보이는 권력자도 있었다. 저렇게 어린 군인이 있다니. 한 편으로는 안타까웠다.

점점 발걸음 소리가 가까워지자 나는 연한 보라색으로 꾸며진 방 안으로 들어가, 침대 밑으로 숨었다. 발걸음 소리가 많이 들리는 것을 보니 아마 권력자들이 저택에 들어와서 나를 찾는 것 같았다.

"어허, 여기는 나와 아가씨 둘만 사는 곳 이래도-!"

노인이 권력자들을 막는 소리가 들렸다.

"아이, 참. 정 그러시면 아가씨 방은 막내만 들어갔다 오라고 하겠습니다. 그러면 괜찮지 않습니까? 막내야 네가 한번 들어갔다 와라."

"네."

드디어 내가 있는 방문이 열렸다. 그 권력자는 방 이리저리를 살피며 돌아다녔다. 그러다가 침대 밑에 숨어있는 나와 눈이 마주쳐 버렸다. 그때였다. 덩치 큰 권력자가 문 밖에서 물어 보았다.

"얘야, 누구 있느냐?"

내 또래 정도 되어 보이는 그 권력자는 나를 쓱 보더니 못 본 척을 하며 문 밖으로 나갔다. 곧 이어 밖에서 말 소리가 났다.

"아뇨, 아무도 없었습니다".

"정말이냐?"

덩치 큰 권력자가 물었다.

"네, 아무도 없었습니다."

"그러냐? 그럼 우린 이만 가지. 어르신 신세 좀 졌습니다."

곧 이어 권력자들이 대문 밖으로 나갔다. 나는 침대 밑에서

슬그머니 나와서 1층으로 내려갔다. 그러자 노인이 나에게 총 하나를 더 쥐어주었다.

"이건 한 발 밖에 없으니 잘 쓰게나."

"더 주실 거 없나요?"

노인은 고개를 도리도리 저으며 허리춤에 손을 넣었다.

"퍽-!"

순간 나는 주먹으로 노인의 머리를 강타했다. 그러자 노인은 정신을 잃은 채 바닥으로 픽 쓰러지며 피를 흘렸다. 손에 피가 조금 묻고 주먹이 조금 아팠다. 역시나...... 조금 잔인하다고 생각할 수 있겠지만 쓰러진 노인의 허리춤에는 칼이 있었기 때문에 어쩔 수 없이 노인을 공격한 것이다.

나는 노인의 허리춤에 있던 열쇠 다발들과 칼을 꺼내어 내 허리춤에 넣었다. 나는 저택을 둘러 보았다. 그리고 제일 끝에 있는 방문을 열었다. 그러자 그 방 안에는 수 없이 많은 무기들이 내 눈 앞에 펼쳐졌다.

"줄게 뭐가 더 없어."

나는 가벼운 무기들 몇 가지를 허리춤에 찼다. 또한 나침반도 챙겼다. 그리고는 저택 밖으로 나왔다. 나는 도시 쪽으로 달렸다.

"저기 있다-!! 잡아라-!!"

권력자들이 나를 향해 쫓아오며 총을 난사했다.

"탕탕탕-!"

"탕-탕-"

나는 총알들을 가뿐히 피한 뒤 보트를 향해서 달렸다. 보트에 탄 뒤 힘껏 보트를 저어 권력자들의 섬을 탈출했다. 그리고 나는 예전 학교 방향으로 노를 저었다.

6. 달이 밝은 날

　나는 학교가 있는 쪽으로 며칠 동안 노를 열심히 저었다. 혼자라서 그런지 전보다 시간이 조금 더 걸렸다. 이렇게 가다가는 식량과 체력이 떨어져서 학교에 가기 전에도 죽을 수도 있을 것 같다. 나는 얼른 주변에 섬을 찾아 보았다. 그러자 가까운 곳에 큰 섬이 하나 보였다.

　거기는 마시가 있었던 섬처럼 컸고 산과 나무가 초록색으로 빽빽하게 채워져 있었다. 아무래도 산맥 섬 같아 보였다. 나는 산맥 섬 쪽으로 노를 저었다. 막상 와보니 큰 산들과 절벽들이 많이 보였다.

　나는 보트에 있던 밧줄을 배낭에 넣고 정글로 들어갔다. 산으로 한참 들어가보니 큰 절벽이 나왔다. 나는 밧줄을 몸에 묶고 갈고리를 이용해 절벽을 가뿐하게 오르기 시작했다.

　어느새 절벽을 다 올라왔다. 몸에 묶고 있던 밧줄을 풀고 땔감을 찾으러 반대쪽 절벽으로 걸어 가던 도중 누군가의 목소리가 들려왔다.

"거기 누구 있나요-? 저 좀 도와주세요-!"

분명 이 절벽 근처에서 나는 소리였다. 나는 소리가 나는 쪽으로 가까이 가 보았다. 그러자 절벽 밑에 며칠 전 저택에서 나를 살려 주었던 권력자가 돌 뿌리를 잡고 아슬아슬하게 매달려 있었다. 나는 잠시 고민에 빠졌다. 아무리 나를 도와준 권력자이고 저 상황에서 무기는 보이지는 않았지만, 권력자는 권력자이기 때문이다. 나는 잠시 망설이다가 결정을 내렸다.

밧줄로 몸을 두른 다음 앞에 보이는 가장 큰 나무에 밧줄을 단단히 묶은 뒤, 절벽을 조심조심 내려가서 권력자에게 손과 밧줄을 뻗었다.

"잡아"

나는 옷에 달린 모자로 얼굴을 가리며 말했다. 그러자 권력자는 밧줄을 잡았다.

"떨어져서 죽기 싫으면, 꽉 잡아."

나는 반동을 얻어서 절벽 위로 다시 올라갔다. 절벽 위에 도착했을 때 권력자는 나무에 묶인 밧줄을 풀어주며 물었다.

"……혹시 우리 며칠 전에 본 적 있죠?"

"땔감 주워서 불 피워."

나는 밧줄을 건네어 받고 모은 나뭇가지들을 던져주며 다른 말로 돌렸다. 권력자는 불을 피우다 말고 나에게 또 질문을 했다.

"칼이나 라이터 없어요?"

"없어. 그냥 돌 주워다가 해."

나는 배낭에서 식량을 꺼내었다. 그런데 권력자는 아직도 불을 못 피우고 있었다. 나는 한심한 표정으로 권력자를 쳐다보았다.

"권력자인데, 이 정도도 못해?"

나는 돌들을 부딪혀서 불을 붙였다. 그 모습을 가만히 보던 권력자는 다시 질문했다.

"제가 권력자인건 어떻게 알았어요? 우리 며칠 전에 진짜 본 적 있죠?"

"배고프지? 감자 먹어?"

나는 나뭇가지에 꽂인 감자를 주며 물었다.

"으응."

"그럼 됐어. 구워 먹어."

나는 불 위에 감자를 올려두었다. 그러자 권력자도 똑같이 불 위에 감자를 올려두었다.

"다른 건 다 안 물어 볼 테니까, 이름만 알려줘. 내 본명은 문이야. 편하게 달이라고 불러. 그러니까 본명 아니어도 되니까, 부를 이름만 알려줘."

어쩜 저리 권력자가 순수하지? 저택에서는 분명 군기가 잡혀 있고 차갑던데. 나는 잠시 망설이다가 모자를 벗으며 말했다.

"그냥 바다라고 불러."

나는 막대기로 감자를 쿡쿡 찌러 보았다. 움푹움푹 들어가는 걸 보니 다 익은 것 같았다.

"먹어도 돼. 먹어."

"응, 잘 먹을게."

문도 감자를 집었다. 감자를 한입 베어 물었다. 얼마 만에 먹는 음식인지 정말 맛있었다. 문도 감자를 한번 입에 넣고 우물거리더니 맛있는지 감자 한 개를 다 먹었다.

"너도 권력자야?"

문이 나를 보며 물었다.

"아니 머리랑 눈동자 색깔만 이래. 난 지구인이야."

"그렇구나......근데 어르신의 저택에는 왜 있었던 거야? 혹시 푸른빛을 찾으려고?"

나는 미소를 지으며 답했다.

"잘 아네."

나는 하늘을 바라보았다. 어느새 밤이 되어 달이 머리 꼭대기에 떠 있었다. 커다란 달은 그날 유난히 아름다웠다. 오랜만에 한숨을 돌렸다.

"너는 왜 여기 절벽에 있었어?"

"......그날 내가 너를 찾은 걸 보고하지 않아서 어르신이 돌아가셨대. 그래서 날 죽이려고 하는 사람들을 피해 도망쳐 왔는데, 앞을 못보고 달리다가 절벽에 떨어졌어."

문은 씁쓸한 듯 불을 바라보았다.

"그날 날 찾았어도 보고하지 않은걸 후회하지 않아?"

"후회는 없는 것 같아. 나는 후회라는 감정을 느낄 수 없는걸 알잖아."

문은 나를 보며 미소를 지었다.

"그저 도망 다니는 신세가 되어서 조금 무서울 뿐이야."

권력자가 왜 저렇게 순진할까? 내가 알던 권력자가 아니다.

"고마워, 살려줘서."

"고맙긴 뭘, 아 정 그렇게 고마우면 이 감정이 뭔지 알려 줄 수 있어? 기쁨도 행복도 아니고 고마움도 아닌데 뭔지 알아?"

문이 나를 보며 웃으며 물었다.

"응."

"무슨 감정이야?"

"내 생각에는 만족이나 뿌듯함 인 것 같아."

문은 흥미롭다는 듯이 고개를 끄덕였다. 어느덧 밤이 되었다. 밖에서 자면 다른 권력자들에게 들키거나 야생 동물들에게 위협을 받을 수도 있어서 우리는 가까운 동굴을 찾기로 했다.

"어두우니까, 조심이 따라와."

"응."

나는 산맥 섬을 이리저리 둘러보며 마침내 휴식처를 찾았다. 깊은 산속에 있는 커다란 동굴로 문과 함께 들어갔다. 야생동물과 생필품들이 안 보이는 것을 보니 아무도 없는 것 같았다. 나는 가방에 있던 손전등을 꺼내서 동굴 깊은 곳으로 더 들어갔다.

더 들어가다 보니 어느새 동굴 끝에 까지 들어와 있었다. 나는 배낭 안에 있던 돗자리를 펴서 동굴 바닥에 깔았다.

"맨날 침실에서 자서 맨 바닥은 아픈 거 아니야?"

나는 장난기를 섞어 문에게 물었다.

"괜찮아. 누울 수 있는 게 어디야. 고마워."

문은 나를 도와 잠잘 자리를 만들어 주었다. 우리는 각각 다른 돗자리 위에 누웠다. 그런 뒤 문은 잠시 뜸들이며 말을 했다.

"......바다야 혹시 너 내일 이곳을 떠날 거야?"

"응? 그건 왜?"

"아니, 그냥 궁금해서......"

나는 잠시 고민을 한 뒤 답을 했다.

"아마 며칠 동안은 이곳에 있을 것 같아. 식량이랑 버려진 도구 같은 것들도 있는지 확인도 해 봐야 해서."

"그럼 내가 네가 여기 있는 동안 너를 도와줄게. 어차피 나도 쫓겨 다니는 신세가 되어 버려서, 너라도 돕고 싶거든."

"그럼 내가 하는 건 다 도와줄 거야?"

내가 혹시나 해서 묻자 문은 고민도 하지 않은 채 대답했다.

"응, 당연하지."

"그럼 내가 원하는 것도 다 해줄 거야?"

"응, 내가 내 입으로 말했으니까 걱정하지마. 널 어떻게든 도와줄 거니까."

"......그래 고마워."

문은 왜 자신에게 불리한 제안을 했지? 쟤는 권력자 중에서도 군인이어서 자신에게 유리한 제안만을 받을 텐데 말이다. 군인이 된지 얼마 안 돼서 감정이 아직 남아있나?

나는 약간 의아했지만 이내 생각을 접고 잠을 청했다. 더 생각해 보았자 머리만 아프고 생각만 복잡해 질뿐이니까.

다음날 아침이 밝았다. 동굴 입구 쪽에서 밝은 빛이 희미하게 들어왔다. 그리고 겨울의 세찬 바람도 함께 말이다. 산속이라서 더 추울 줄 알았는데 의외로 덜 추운 것처럼 느껴졌다.

옆 돗자리를 보니 달은 아직 자고 있었다. 그런데 달은 아무런 이불을 덮고 있지 않았다. 무언가 무거워서 몸을 일으켰더니 달에게 준 이불까지 모조리 내가 덮고 있었다.

나는 깜짝 놀랐다. 달의 팔에 손을 살짝 대었더니 얼음만큼 차가웠다. 나는 내가 덮고 있던 모든 이불을 달에게 덮어 주었다. 그러자 달은 웅크리고 있던 몸을 조금 폈다. 나는 겉옷을 더 껴입고 동굴 밖으로 나가 보았다. 밖에는 하얀 눈이 소복하게 내려 앉아 있었다.

나는 동굴에 있는 달을 자도록 내버려 둔 채 어제 어두워서 보지 못 한 것들을 하나하나 살펴 보았다. 조금 더 둘러 보니 낙하산이 나무에 걸려있는 것을 보게 되었다.

나는 나무에 걸린 낙하산으로 다가가 보았다. 거기에는 보급품인지 각종 음식들과 구급함도 있었다. 아마 나와 달 말고도 권력자들이 여기에 있는 것 같다. 그렇다면 여기에 오래 있지는 못할 것 같다.

나는 약간의 음식들과 응급처치 도구들을 챙겨서 다시 동굴로 들어갔다. 동굴로 들어가자 아직 달은 자고 있었다. 나는 물건들을 한쪽에 두고 내 손을 바라보았다. 내 손은 온통 상처투

성이었다. 나는 가져온 구급함에서 연고를 꺼냈다. 그리고 한번 손에 발라 보았다.

상처가 난 곳이 조금 따끔거렸다. 나는 내 손에 연고를 바르고 조심스럽게 달의 팔 소매를 걷어보았다. 나는 달의 팔에 있는 상처들을 보고 깜짝 놀랄 수 밖에 없었다. 소매를 걷어본 달의 팔에는 크고 작은 상처들이 수없이 많이 있었다.

나는 상처들에 연고를 바르고 가장 크고 깊숙한 상처는 붕대로 조심조심 감아 주었다. 그러다가 달이 상처가 아팠는지 움찔거리며 일어났다. 나는 마저 붕대를 감아주고 달에게서 떨어졌다. 달은 일어나서 내가 감아준 붕대를 빤히 보며 물었다.

"......나 자는 동안 네가 감아 준거야?"

"어? 으응. 마침 근처에 있는 보급품에서 붕대를 찾아서 감아줬어. 많이 다친 것 같더라고......"

나는 허둥지둥 구급함을 정리하며 화재를 돌렸다.

"아, 달아. 우리 짐 정리해서 다른 동굴 찾아보자. 얼른 정리하는 거 도와줘."

나는 달과 눈을 마주치지 않고 빠르게 짐을 정리했다. 왜 얼굴이 뜨거워 지는 것 같지? 나는 얼굴을 가리며 달에게 말했다.

"너는 팔 다쳤으니까, 저기 있는 물건들만 들어줘......"

달은 빨개진 내 얼굴을 보며 싱긋 웃으며 물건을 들었다. 이상하다 예전에는 이런 적이 한번도 없었는데 말이다. 나는 달을 슬쩍 쳐다보았다. 달은 나처럼 얼굴이 빨개지지 않았다. 이상하게 달이 괘씸했다.

우리는 산을 더 둘러 보았다. 그러다가 산속 깊은 곳에 버려진 오두막을 발견했다. 오두막 안에는 정체를 모를 뼈들이 나뒹굴고 있었다. 나는 저절로 인상이 찌푸려졌다. 그런데 달은 물건을 잠시 내려 놓더니 먼저 오두막에 들어가서 뼈들을 한곳으로 모아 오두막 바깥으로 털어냈다.

아 잊고 있었다. 문은 권력자였다. 권력자는 불쾌를 느끼지 못한다. 그래서 시체나 뼈, 피들을 아무렇지 않게 대한다. 문은 손을 한번 털더니 문을 활짝 열며 말했다.

"이제 들어와도 돼."

달은 나를 보며 싱긋 웃었다.

"그래, 달아 고마워."

나도 달을 따라 웃어주었다.

우리는 짐을 푼 다음 근처를 살펴 보았다. 오두막 근처에는 큰 나무들이 빽빽하게 있어서 권력자들 눈에는 잘 안 보일 것 같았다. 또한 강도 있어서 물 걱정은 안 해도 됐었다. 우리는 너무 많이 걸어서 한숨 좀 돌릴 겸 오두막 안에 들어와 앉았다.

"달아, 나 하나만 물어봐도 돼?"

"응. 얼마든지."

달은 싱긋 웃으며 말했다.

"내가...... 권력자들의 지도자인 르하를 죽이려고 해. 근데 모든 행성 사람들에게 그 모습을 전달하고 싶은데, 큰 축제나 그런 거 없어?"

달은 잠시 당황했다.

"하긴, 말하기 힘들겠지? 그럼 말 안 해줘도......"

달은 잠시 고민하더니 말했다.

"한달 뒤에 열리는 큰 축제가 하나 있어! 그때 모든 행성인들이 이 지구에 모이게 될 거라고 했어. 그때를 맞춰서 지도자인 르하를 죽이면 될 거야."

나는 잠시 당황했다.

"내가 어제 약속했잖아. 걱정 마 무엇이든지 해줄 거니까."

달은 나를 보며 말하다가 내 목에 걸린 푸른빛을 보고 물었다.

"푸른빛 조각 한 개만 더 모으면 되네? 푸른빛을 다 모으면 여기를 떠날 거야?"

"아마도? 그 다음 르하를 먼저 죽이겠지."

"그렇구나."

달은 무언가 아쉬운 표정이었다.

"......바다야. 우리가 만약 이 시대가 아니라, 권력자와 지구인이 아닌 같은 종족으로 태어났으면 이러지 않았겠지?"

"......그러게 다른 때 같은 종족으로 태어났으면 더 친해질 수 있었을 텐데."

우리는 아무 말 없이 오두막 바닥을 바라 보았다.

"나는 동물이라도 사냥해 와볼게 쉬고 있어봐."

나는 자리에서 일어나서 오두막에 있던 도끼를 들고 오두막을 나섰다. 산속을 돌아다니다 보니 멧돼지를 만나게 되었다. 멧돼지는 나를 보자 성난 황소처럼 나에게 엄청난 속도로 돌진했다.

나는 가뿐하게 뛰어서 멧돼지를 피했다. 그리고 멧돼지의 머리를 도끼로 힘껏 내리 찍었다.

"퍽-!"

머리가 잘리는 소리와 함께 피가 곳곳으로 튀겼다. 심지어 너무 세게 내리쳤는지 얼굴과 옷은 물론이고 근처 나무에 까지 피가 튀겼다. 나는 얼굴에 묻은 피를 옷으로 닦아냈다. 그리고 멧돼지를 어깨에 매고 오두막으로 들어갔다. 달은 나를 보자 깜짝 놀란 것 같았다.

"네가 이걸 잡은 거야??"

"응, 쉬웠어. 아, 그리고 안 다쳤으니까. 걱정 하지마. 멧돼지 손질이나 해줘."

나는 피가 묻은 겉옷을 벋었다. (날씨가 대체적으로 추워서 안에 티셔츠 한 겹 더 입었다.)

"나 강에 좀 다녀올게."

"응."

나는 강에 가서 겉옷을 빨고 세수를 했다. 겨울이라 그런지 강물이 많이 얼어 있어서 깨뜨려서 사용했다. 물이 생각보다 많이 차가웠었다. 나는 강물에서 빤 겉옷을 오두막 안 작은 나뭇

가지에 걸었다. 그리고 배낭에서 새로운 겉옷을 꺼내서 입었다. 그때 멧돼지 손질을 마친 달이 나를 불렀다.

"바다야, 불 좀 피워줘."

"응, 잠시만."

나는 땔감을 가지고 와서 불을 피웠다. 그러자 달은 고기를 구웠다. 우리는 구운 고기를 맛있게 먹고도 남았다.

"진작에 고기 잡을 걸."

"그러게."

우리는 밥을 다 먹고 잠에 들었다. 그렇게 일주일이 지났다. 산맥 섬에 더 이상 얻을 건 딱히 남아있지 않았다. 나는 내일 떠나기로 마음 먹었다. 더 이상 여기에 있으면 시간만 지체될 것만 같았다.

"바다야, 열매 먹을래?"

"아니, 괜찮아."

"그래도 하나만 먹어봐."

달은 내 속도 모른 채 계속 열매를 권했다. 나는 달에게 말하기로 했다.

"달아."

"응? 바다야 왜?"

"나 내일 아마 다시 푸른빛을 찾으러 떠나야 할 것 같아."

"아······"

달은 잠시 말을 잃은 듯 했다. 잠시 후 달은 짐을 싸며 말했다.

"그래. 그럼 나도 같이 가자."

"정말 괜찮겠어?"

"응, 얼른 준비하자. 갈 길이 멀어."

달은 나를 보며 웃었다. 나도 달에게 미소를 지어 주었다. 일주일 동안만이라도 마음이 약간 안정 되었다. 다음날 아침이 밝자 산을 내려온 뒤 우리는 보트 쪽으로 향하였다.

7. 안녕이라는 이별 뒤

도착한 보트 앞에는 수 많은 권력자들이 우리를 향해 총을 겨누고 있었다. 나도 배낭에서 재빨리 총을 꺼내서 그들을 향해 겨누었다.

"움직이지마! 저 쥐새끼를 이제야 잡았군"

"탕-!"

"철푸덕-!"

나는 한 권력자를 향해 총을 쐈다. 그러자 권력자는 픽 쓰러졌다.

"닥쳐."

나는 매섭게 권력자를 노려보며 말했다. 권력자의 눈썹이 약간 꿈틀거렸다. 내가 자신의 동료를 죽여서 화가 나겠지. 그

틈에 나와 달은 서로 눈빛을 교환한 뒤 보트로 향해서 달렸다. 그때였다.

"탕탕탕-!"

권력자들이 총을 난사하기 시작했다. 나와 달은 총알을 피해 계속해서 나아갔다.

"퍽-!"

짧고 굵은 소리가 뒤에서 들렸다. 권력자가 달의 머리를 총으로 내려친 것이었다. 나는 그만 털썩 주저 앉아 버렸다. 그때였다.

"탕-!"

"으윽!"

권력자가 쏜 총알이 내 팔에 스쳤다. 살이 타 들어가는 기분이었다. 몸이 마음대로 움직이지 않았다. 권력자들은 나와 달을 커다란 보따리에 넣어 그들의 이동수단 짐 칸에 우리를 아무렇게나 던져 두었다.

나는 총알에 맞아서 상처에다가 주머니에 있던 남은 붕대로 감았다. 주머니에는 칼과 총, 총알이 있었지만, 이미 나는 다쳤고 나 혼자서 저 많은 권력자들을 상대할 힘이 남아있지 않아서 움직임이 멈출 동안 잠자코 기다렸다.

권력자들은 문명과 과학이 발달 되어서인지 몇 시간 만에 권력자들 섬에 도착했다. 잠시 움직임이 멈추더니 누군가 내가 들어있는 보따리를 어깨에 매고 어디론가 향했다.

한참을 걸어가더니 큰 문이 열리는 소리와 함께 익숙한 목소리가 들려왔다.

"수고했다. 거기에 두고 가거라."

"예-!"

잠시 후 권력자는 내가 들어있는 보따리를 그대로 바닥에 던졌다. 나는 천천히 보따리 문을 열고 나왔다. 나온 풍경은 큰 궁전 같은 방에 근위병들이 앉아있는 르하의 뒤로 서 있었다.

"이제 다 나가거라."

"예-!"

르하가 말하자 모든 근위병들이 나가서 나와 르하 둘만 남았다. 나는 르하를 매섭게 노려보았다. 르하는 온화한 표정을 지으며 입을 열었다.

"안녕, 레이아. 오랜만이구나 딸아-?"

"그 입 닥쳐. 넌 엄마도 아니야."

나는 이빨을 빠드득 갈며 주먹을 꽉 쥐었다.

"혼자 왕좌에 앉아 있는 걸 보니, 아빠를 이미 죽였나 봐? 아니지, 그것도 내 눈 앞에서?"

르하의 눈썹이 잠시 꿈틀거렸다.

"지도자가 되어야 했던 진짜 권력자인 아빠를 죽이고, 지구인인 엄마가 왕좌에 앉아 있네? 당신은 지구인이라고 불릴 자격도 없어. 착한 권력자인 아빠를 이유 없이 죽였잖아?"

"그래도 엄마라고는 해 주네?"

"아무리 역겨워도 어떡해. 안 그러면 날 어떻게 할 지 모르는데."

나는 르하를 비웃었다.

"기억이 돌아왔나 봐? 어떻게 다시 기억했니~"

"모르는 척 하지마. 다 알고 있잖아."

르하는 웃으며 말을 이어갔다.

"당연히 다 알고 있어야지. 네 엄마인데."

"엄마라는 역겨운 소리 좀 그만해-!!"

나는 미친 듯이 소리질렀다. 그 모습을 보던 르하는 재미있는지 웃으며 말을 계속했다.

"흥분하는 거 보니, 다른 곳에서 누군가 엄마 행세를 해줘서 사랑을 많이 받고 왔나 봐?"

"엄마 행세 하는 건 너잖아-!"

"조금 섭섭하네 딸아~?"

"닥쳐!"

나는 결국 참지 못하고 르하에게 검을 들고 달려 들었다.

"죽어, 죽으라고-!!"

나는 고래고래 소리를 지르며 르하에게 달려들어 검을 휘둘렀다. 그때였다. 르하 바로 앞에까지 다가왔을 때 천장에서 큰 보따리가 내려왔다.

"푸욱-!"

나는 르하가 아닌 르하 앞에 있는 보따리를 깊숙하게 찔렀다. 검을 빼 보니 검에 피가 묻어 있고 보따리에서 피가 뚝뚝 떨어지고 있었다. 보따리는 힘 없이 바닥으로 떨어졌다. 르하를 바라 보았더니 르하는 사람이 아닌 홀로그램이었다. 홀로그램의 르하가 나를 보며 싱긋 웃었다.

"보따리에 선물이 있단다~ 한 번 봐 보렴."

검을 쥐고 있던 손에 힘이 빠지면서 검이 힘없이 바닥으로 떨어졌다. 나는 보따리를 서둘러 열어 보았다. 보따리 안에는 달이 간신히 숨만 쉰 채 들어있었다. 나는 달을 안고 눈물을 흘렸다.

"달아……!"

"그러게 누가 엄마한테 검을 휘두르래?"

르하는 아무렇지 않게 말했다. 그런데 르하의 눈시울은 붉어 있었다.

"……바다야 이거……"

달은 나에게 자신의 오른손을 펼쳐서 나에게 주었다. 달의 오른손에는 마지막 푸른빛의 조각이 있었다. 달은 나에게 푸른빛을 내 손에 쥐어주며 나에게 속삭였다.

"푸른빛을 다 모으면 빛이 밝게 빛이 날 거야. 검을 네 손에 익히고…… 저 검은 원래 푸른빛을 가진 자만이 진짜 힘을 낼 수 있거든. 그리고 르하의 방에 칼을 넣는 구멍이 있어. 거기에 칼을 힘껏 꽂아."

나는 고개를 도리도리 저으며 울먹였다. 그러자 달은 싱긋 웃으며 말했다.

"다음에는 이렇게는 만나지 말자. 사랑이라는 감정을 느끼게 해줘서 고마워……"

그 말을 끝으로 달은 눈을 뜨지 않았다.

"잘자 달아……내 진짜 이름은 레이아야……"

나는 안고 있던 달을 바닥에 살며시 내려 놓고, 마지막 푸른 빛의 조각을 맞췄다. 나는 검을 줍고 일어섰다.

"……눈물 없이 못 볼 장면이네. 우리 딸 사랑도 해 보았구나? 걱정 마 곧 문을 따라 가야 할 것 같으니까."

홀로그램의 르하는 말했다. 곧이어 근위병들이 나를 향해 총을 겨누었다. 나는 번역기 옆에 있던 순간이동 버튼을 눌렀다. 이 버튼은 딱 3번만 사용할 수 있었다.

나는 다른 곳으로 이동했다. 나는 가장 먼저 학교로 돌아왔다. 순간이동 장치로 돌아온 곳은 학교 안 이었다. 학교 밖에서는 시체들이 썩어서 고약한 냄새가 풍겨 왔다. 생각해보니 그때 권력자들을 피하느라 선생님들을 묻어드리지 못했다. 나는 검을 내려 놓고 선생님들의 시체를 어깨에 매고 학교 안 침대에 눕혀 드렸다.

나는 검을 챙기고 학교를 둘러 보았다. 작은 섬이지만 꽃도 있고 건물도 멀쩡해서 꽤 있을 만했었는데 지금은 온통 핏빛으로 물들어 있다. 나는 둘러보다가 같은 학교 애들이 쓰러져 있는 공간까지 왔다. 나는 아이들도 침대에 눕혀 주었다.

나는 지하에 있는 연구실에 오랜만에 들어가 보았다. 연구실은 여전했다. 나는 번역기 배터리도 바꿀 겸 연구실을 더 둘러 보았다. 그리고 번역기 배터리를 바꾸고 이리저리 돌아다녔다. 13년동안 묻어 있던 추억들은 핏빛에 가려지지 않은 것 같았다. 괜히 눈물이 났다. 몇 달 만인 건지 생각해보니 최소 반년은 지났을 것이다.

나는 연구실의 모니터를 켰다. 이 모니터 안에는 학교 학생들의 과거, 현재 상태를 실시간으로 나타내주는 컴퓨터이다. 그리고 린의 정보를 눌렀다.

"올해로 13세 영국인 린. 현재 추정은 사망 상태입니다."

AI의 음성이 나왔다. 나는 룬의 정보도 눌러 보았다.

"올해로 13세 중국인 룬. 현재 추정은 살아있습니다."

나는 옆에 있는 사망 버튼을 눌렀다.

"정말로 누르시겠습니까? 사망 버튼은 실제로 죽이는 장치로 ......(중략)"

나는 망설임 없이 다시 버튼을 눌렀다.

"사용자의 권한이 필요합니다. 비밀 번호를 입력해 주십시오."

나는 비밀번호 4자리 수를 입력하고 'enter'를 눌렀다.

"승인 되었습니다. 올해로 13세 중국인 룬. 현재 사망 상태입니다."

나는 이어서 릭의 정보를 클릭했다.

"올해로 13세 미국인 릭은 현재 추정은 사망 상태입니다."

다음으로는 루이와 루아의 정보를 클릭했다.

"올해로 7세 프랑스인 이란성 쌍둥이 남자 루이, 여자 루아. 현재 추정은 살아있습니다."

나는 이번에도 옆에 있는 사망 버튼을 누르려다가 잠시 망설였다. 왜냐하면 푸른빛이 빛나지 않았기 때문이다. 그래서 그냥 나는 모니터 전원을 꺼버렸다. 그때였다. 뒤에서 누군가 내 이름을 불렀다.

"레이아 언니......?"

나는 깜짝 놀라 뒤를 돌아 보았다. 내 뒤에는 태지 선생님의 딸인 태루가 있었다.

"언니 맞지?"

태루는 나에게 다가오면서 엉엉 울었다.

나는 아무 말 없이 태루를 안아주었다. 그리고 검을 꺼내 그대로 태루의 배를 찔렀다.

"헉......"

"쉿- 우리 태루 착하지-."

태루는 그 상태로 힘 없이 쓰러졌다. 나는 태루를 안고 태지 선생님 옆에 눕혔다. 그러자 푸른 빛이 더 밝게 빛나기 시작했다. 나는 창고 있던 남은 수류탄들을 챙겼다. 그 다음 나는 마시가 있는 섬으로 순간이동을 했다.

나는 단번에 마시 집 앞으로 도착했다. 그리고 나는 오랜만에 마시의 이름을 불러 보았다.

"마시-!"

그러자 집 안에 있던 마시는 헐레벌떡 나왔다. 그리고 마시는 나를 꼭 안아주었다. 마시의 품에 안기니 눈물이 났다. 나는 마시의 품에 한참을 안겨서 눈물을 뚝뚝 흘렸다. 그리고 허리춤에 있던 검으로 마시를 찔렀다.

"푹-!!"

마시는 짧은 신음 소리를 내며 쓰러졌다. 나는 마시를 업고 집 안으로 들어갔다. 그리고 마시의 방에 마시를 눕혔다. 그러자 푸른 빛이 다시 밝게 빛이 났다.

마시를 눕히고 나가려는 도중 마시의 방에 있는 사진 하나가 눈에 들어왔다. 마시와 마시의 남편과 아이들이 찍힌 사진이었다. 사진 속 마시는 지금과 다르게 행복하게 웃고 있었다.

나는 사진을 바닥에 던져 깨뜨려 버렸다. 그리고 루이와 루아를 찾으러 집 안 곳곳을 돌아 다녔다. 루이와 루아는 나를 보자마자 소리를 지르며 도망쳤다. 나는 빠른 속도로 달려가서 검으로 둘의 몸통을 깊숙하게 찔렀다. 루아와 루이는 바닥으로 쓰러졌다.

그리고 나는 루이와 루아를 각자의 방에 눕혀 주었다. 그리고 집을 더 구석구석 둘러보았다. 그러다가 천장에 있는 하나의 다락방 문을 발견했다. 다락방 문을 열어보니 다락방 안에는 수많은 해골들이 있었다. 나는 해골들을 보며 깔깔깔 웃었다.

"하하하!! 마시 내가 모를 줄 알았나 봐요?"

나는 다락방 안에 있는 해골들을 모두 모아 마시의 방안에 넣어 두었다. 그리고 시간이 너무 늦은 나머지 나는 마시네 집에서 지냈을 때 썼던 방에 들어가서 침대에 누워 잠을 청했다.

루아가 우는 소리가 복도에 울려 퍼졌다. 조금 시끄럽기는 했지만 나는 루아의 울음소리를 자장가로 삼아 들으며 잠을 잤다.

다음날 아침이 밝아 왔다. 나는 침대에서 일어나서 마시와 루이, 루아가 잘 있는지 보러 갔다. 밤새 시끄럽게 울던 루아도 조용히 잠에든 듯 했다. 나는 밖으로 나와 검을 다루어 보았다.

어제의 일 때문에 피가 많이 묻어 있었다. 나는 우물로 가서 칼을 닦고 옷을 빨았다. 그러자 우물이 피로 빨갛게 물들었다.

그리고 나는 검을 손에 익히기 위해 검을 휘둘렀다. 자세도 한번 잡아보고 찌르는 연습도 해 보았다. 그런데 실제 르하를 죽일 때 실수하면 안되기 때문에 방안에서 마시와 루이, 루아를 어깨에 매고 나왔다. 그리고 각각 나무 기둥에 끈으로 묶어 세워 두었다.

나는 다시 자세를 잡고 나무 기둥을 향해 검을 휘둘렀다. 몇 번 휘두르자 살이 베어 나가며 피가 튀겼다. 계속 연습하다 보니 살점들이 바닥에 떨어져 있고 온통 피 웅덩이가 되어 있었다. 나는 이쯤에서 검을 내려 두었다.

그리고 총을 꺼내 안에 총알을 넣었다. 나는 먼저 마시를 향해 총을 겨누어 방아쇠를 당겼다.

"탕-!"

"탕-!"

그러자 마시의 몸에 구멍이 숭숭 났다. 이것도 계속 연습하다 보니 원하는 곳에 총을 명확히 쏠 수 있게 되었다. 나는 검을 집어 들고 총을 다시 허리에 찼다. 그리고 기둥에 묶여 있던 마시와 루이, 루아를 풀었다. 그러자 살점이 반이 넘게 살아진 시체들이 바닥에 나뒹굴었다.

나는 미소를 지었다. 그리고 우물 안을 들여다 보았다. 핏빛 웅덩이가 된 우물에 내 얼굴이 비춰졌다. 내 얼굴에는 피가 튀어 있었다. 나는 옷소매로 묻은 곳을 대충 닦았다.

나는 번역기 옆에 있던 순간이동 버튼을 다시 한번 눌러 다음 장소인 홀로그램 섬으로 이동 했다.

홀로그램 섬에 도착하자 여전히 불길과 건물 잔해들, 시체들이 바닥에 있었다. 그 중 락희와 라민의 시체도 있었다. 그리고 나는 미소를 다시 지었다. 그러게 누가 남의 비밀을 알라고 했나.

난 바닥에 쓰러져 있는 이보에게 다가갔다. 이보는 노란 피를 흘리고 있었다. 나는 그대로 이보의 머리를 검으로 잘랐다. 그러자 푸른빛이 다시 빛이 났다.

"어떻게 살아 계셨지? 이보 고생 하셨어요. 제가 너무 늦었네요."

나는 잘린 머리를 바닥에 내려놓으며 말했다.

"이제 다 모았어요."

나는 웃으며 검에 묻은 피를 닦아 냈다. 내 목에 걸린 푸른 빛은 밝게 빛나고 있었다. 나는 번역기 옆에 있던 순간이동 버튼을 눌렀다. 이제 진짜 시작이다.

8. 원래 믿던 세계가 아닌

　나는 마지막 남은 순간이동 버튼을 눌러 권력자들의 섬으로 이동했다. 권력자들의 섬으로 도착하자 나는 앞에 서 있는 경비들을 모조리 죽여 버렸다. 그럴수록 푸른빛 구슬은 아름답게 빛났다. 나는 한 명을 살려두고 귓속말을 했다.

　"지금 당장 르하한테 가서 모든 군대를 다 동원하라고 해. 하지만 내가 전하라고 했다고는 하지마. 만약 말했다가는 어떻게 될지 알지?"

　그러자 그 권력자는 겁을 먹었는지 연신 고개를 끄덕이고 르하의 성으로 들어갔다. 나는 만족을 한 채 겉옷 뒤에 달린 모자를 뒤집어 쓴 채 르하의 성으로 향했다. 나는 르하의 성에 몰래 잠입을 해서 시체 창고인 지하실로 내려 갔다.

　"내 기억에는 여기쯤이었던 걸로 기억하는데……"

나는 성의 지하실을 둘러보았다.

"찾았다."

나는 창고를 보며 미소를 지었다. 그리고 창고 문을 열어 보았다. 창고 안에는 수 많은 시체들이 쌓여 있었다. 나는 푸른빛 구슬을 살짝 두드렸다. 그러자 구슬에서 기다란 푸른빛이 나와서 3개의 시체 안에 들어갔다.

그러자 시체들이 하나하나 몸을 일으키기 시작했다. 그러자 시체들은 나에게 빠르게 달려 왔다.

"레이아.....!"

나에게 다가온 시체들은 다름아닌 린과 릭, 룬 이었다. 린은 나를 안으려고 다가 왔다.

"꺼져. 아직은 시체 냄새 나."

나는 린에게 차갑게 말했다.

"아......미안."

린은 뒤로 물러서며 나에게 사과 했다.

"사과는 됐고, 너네 이제 이 섬에서 내가 하는 짓을 눈 크게 뜨고 똑바로 봐."

"아니, 너 혼자 가려고 레이아?"

룬은 당황하며 내 손을 잡았다. 나는 손을 뿌리치며 말했다.

"하......내가 이러려고 너네 살렸겠니? 옛 정이 있어서 살려 줬더니만 괜히 살렸네."

"너 왜 그래, 레이아!?"

"닥쳐. 역겨운 지구인아-!"

나는 옛 정으로 살려낸 시체들에게 소리질렀다. 그러자 시체들은 아직도 정신을 못 차렸는지 나에게 따졌다.

"무슨 소리야, 레이아. 너도 지구인이잖아-!"

나는 시체들을 비웃었다.

"뭐래. 난 너희 같은 역겨운 지구인이 아니야. 나는 엔셜인이야."

"거짓말 좀 그만해, 레이아! 자꾸 너 왜 그래!"

"하......아직도 모르겠어? 너희는 죽었잖아. 그런데 내가 이 푸른빛으로 너희를 살린 거잖니. 하여간 지구인이란 뇌에 들어 있는 것이 없으니까. 설마 아무리 그래도 모르는 건 아니지?"

그러자 시체들은 멍한 얼굴로 나를 바라보았다.

"나 간다. 너네 알아서 잘 살든가 해. 이번이 마지막으로 봐주는 거니까."

나는 창고를 나가려고 몸을 돌렸다. 그때 린이 소리쳤다.

"너도......! 지구인의 피가 섞여 있잖아-!"

"......그걸 네가 어떻게 알아?"

나는 몸을 다시 돌려 시체들을 바라보았다.

"......홀로그램 섬에서 유전자 검사한 검사지, 너 잘 때 봤어. 그런데도 나는 너를 믿었어! 하지만 너는 어떻게 우리한테 이래......? 우린 네가 권력자인걸 알면 충격을 받을 것 같아서 종이를 태우고 그 사실을 숨긴 건데!"

"......나를 믿지 말았어야지. 믿은 너네 잘못이야 살려준 걸 감사해."

나는 다시 몸을 돌렸다.

"너희 엄마가 지구인이잖아-!!"

여자 시체가 나에게 소리질렀다.

"엄마라고 부르지 하지마!!"

나는 분노하여 소리쳤다.

"맞잖아! 그래서 너희 아빠 죽이고 지도자가 되었잖아!!"

"네가 드디어 죽고 싶어서 미쳤구나?!"

여자 시체는 나를 향해 달려들었다. 그때 내 목에 있던 푸른 빛 구슬에서 빛이 나와 여자 시체의 목을 졸랐다. 그녀는 괴로운지 목청 터져라 소리를 지르며 바둥거렸다. 나는 그녀의 움직임이 멈출 동안 가만히 바라보았다. 옆에 있는 남자 시체들은 나에게 매달리며 울부짖었다.

"레이아! 그만해 레이아!"

"저러다가 린이 죽겠어! 레이아 정신 차려! 너 왜 그렇게 변한 거야!"

"린은 원래 죽었어."

나는 나에게 매달려 울부짖고 있는 시체들을 바라보며 대답했다.

"그리고, 이게 원래 나야. 나는 안 변했어."

내 말의 끝으로 그녀의 움직임이 멈추었다. 그리고는 바닥으로 힘없이 떨어졌다. 푸른빛들은 다시 구슬 안에 들어왔다. 릭은 린을 안고 하염없이 눈물만 흘렸다. 그리고 날카로운 조각을 들어 나를 노려 보았다.

"너 때문에 린이 죽게 된 거잖아-!"

"......넌 내가 알던 레이아가 아니야."

그대로 자신의 심장을 향해 찔렀다.

"잘자 린, 릭."

곧이어 릭의 몸에서도 푸른빛이 나와 구슬 안으로 들어갔다. 룬은 아무 말도 하지 않고 고개만 떨구고 있었다.

"......넌 인간도 아니야. 넌 싸이코야. 대신 너 후회 하지마. 너의 존재를 잃었다는 것에. 그리고 내가 널 사랑하지 않게 되었다는 것에......"

"네가 날 사랑하지 말았어야지. 난 후회 안 해. 옛날부터 계획한 거야. 그리고 다시 말하지만, 이게 나야."

나는 검으로 룬의 배를 깊숙하게 찔렀다. 그러자 푸른빛이 다시 구슬 안으로 들어왔다.

"......괜히 시간 낭비만 했네."

나는 창고 문을 닫고 나왔다. 밖은 축제 분위기로 시끄러웠다. 나는 르하가 있는 성 꼭대기 층으로 올라갔다. 가는 도중에 권력자들 군대가 몇몇 있었지만 깔끔하게 처리를 하고 르하의 방으로 올라갔다. 방안에는 르하가 마치 나를 기다리고 있었다는 듯이 문을 열었다.

"딸아 오는데, 참 많은 시간이 걸리는구나. 이제 막 개막식을 할 건데."

나는 르하의 목소리를 듣자 마자 인상이 절로 찌푸려지면서 검을 더 꽉 쥐었다.

"난 네 딸 아니라고 했지."

나는 부글부글 끓어 오르는 분노를 참고 입을 열었다.

"나 조금 섭섭해지네, 딸. 왜 그래 자꾸 그러면 이 엄마가 무서워서 딸인 너도 죽여야 할거 같잖아."

"내 엄마라고 하지 말랬잖아-!! 그것도 역겨운 너 따위가!"

나는 소리 질렀다. 나는 겨우 검이 르하를 향해 찌르려는 것을 막았다.

"......그래 내가 그렇게 싫으면 날 죽여, 딸아. 네가 원하는 것이 그거라면 얼마든지 죽여도 돼."

"닥치고 검 들어!! 너도 날 죽여야 하잖아! 안 그래?!"

나는 바닥에 있는 아무 검이나 던져서 르하의 발 밑으로 던졌다.

"그래, 딸아. 네가 그걸 원한다면."

"왜 자꾸 착하고 딸을 존중하는 척, 모든걸 다 아는 척 하는 건데!! 아~ 지금 우주 축제가 곧 열리니까, 생명체들이 이걸 실시간으로 보고 있으니까? 그래 엄만 항상 이런 식이었지. 자신의 목적을 달성하기 위해서는 나도, 아빠도!! 다 이용하는 수단이었던 거잖아-!!"

르하의 눈썹이 일그러졌다. 그리고 마침내 버럭 화냈다.

"맞아, 딸아! 네 말 다 맞는데 엄마가 왜 널 죽이려고 하는지, 엄마가 왜 지금 와서 변하려고 하는지 모르잖아-!"

르하는 내가 바닥에 던져준 검을 들어 자세를 잡으며 말했다. 나도 르하를 따라 자세를 잡았다. 르하와 나는 동시에 달려들었다.

"넌 나한테 엄마 노릇도 해 주었던 적도 없는데, 내가 왜 너한테 엄마라고 불러-!!"

"무슨 소리야! 엄마가 너 어렸을 때 얼마나 잘해줬는데!"

"그런데 그렇게 소중한 딸인 나를 가지고 왜 그러냐고! 나도 평범하게 살고 싶었다고-!"

나와 르하는 서로에게 검을 마구잡이로 휘둘렀다.

"챙-!"

"캉-캉-!"

검이 계속해서 부딪혔다.

"너도 알고 있지 않았니? 네 스스로가 푸른빛의 힘을 가지고 있었다는 것을 추측 정도는 할 수 있잖아!"

"그래서 나를 죽이려고 안달이었던 거야?! 그래! 지금 죽여 봐!"

나는 더욱 빠르게 검을 휘둘렀다.

"아빠를 죽인 것처럼 나도 그렇게 죽여봐!"

"넌 내가 왜 너희 아빠를 죽이고 이 자리에 있는지 알아?!"

르하도 검을 휘두르는 속도를 높였다.

"당연히 알지-! 내가 눈앞에서 그 장면을 봤는데 기억을 못 하겠어-?! 다시 그 기억을 하고 싶지 않았을 뿐이야-!"

"그럼 내가 네 아빠를 왜 죽였는데-?!"

나는 그 말을 듣자마자 욱해서 푸른빛의 힘을 조금 꺼내었다.

"네가 그 직위를 차지하기 위함이잖아! 그래서 아빠를 죽이고 이젠 푸른빛의 힘을 가진 내가 두려워서 나까지 죽이려는 거잖아! 엄마라는 사람이 그런 미신을 믿고 딸을 안 만나면 어떡해-!"

"그래-! 내가 널 무서워하는 건 맞아! 하지만 왜 무서워하는지, 아빠를 왜 죽였는지는 모르잖아-!"

르하는 잠시 당황하더니 이내 검의 공격을 막아내며 소리쳤다.

"네가 사이코이기 때문이잖아-!"

나는 검을 멈추었다.

"레이아 너도 알고 있었잖아......! 네가 한 행동들을 잘 생각해 봐! 너도 알잖아! 네가 변했다는 걸!"

"아니야......! 아니라고......! 난 변하지 않았어! 이게 진짜 나일 뿐 인거야......!"

나는 검을 바닥으로 떨어뜨리고 주저 앉아버렸다.

"레이아! 내가 사이코가 아니라 너희 아빠가 사이코였어! 그래서 너도 사이코인거야! 엔셜인은 모두 사이코였어!"

"아니야!! 난 사이코가 아니야-!!"

나는 고개를 저으며 부정했다. 지금 내가 한 행동 모두가 내 의지대로 안 움직일 때도 있었다는 걸, 가끔 이상한 생각을 했던 걸, 무언가를 죽일 때 이상한 희열들이 왜 지금 생각나는 걸까?

"그러기에는 넌 너무 많은 사람을 죽였어! 이제 그만하자 레이아-!"

나는 떨구었었던 고개를 들며 나를 향해 검으로 내리치려는 르하를 보며 대답했다.

"이미 많이 죽였으면 난 끝까지 다 죽이겠어......"

나는 떨어뜨린 검을 다시 쥐고 자리에서 일어섰다. 그리고 내가 낼 수 있는 모든 힘을 발휘해서 르하를 향해 찔렀다. 그러자 르하는 손 쓸 새도 없이 피를 토해내며 무릎을 꿇었다. 나는 쓰러지는 르하를 잡고 르하의 귀에 속삭였다.

"맞아. 네 말 대로 난 사이코인가봐. 이제야 죽이네......"

나는 엄마를 바닥에 내려놓은 뒤 크게 웃었다.

"하하하-!! 엄마 내가 이제야 웃을 수 있네요. 그런데......왜 눈물이 날까......?"

에매랄드 빛으로 빛나는 내 눈에서 눈물이 흘렀다. 그리고는 엄마의 얼굴에 떨어졌다.

"엄마가 직접 말했죠? 내가 사이코라고......이제 다 기억이 났어요 전 엄마 딸이 맞네요. 연기도 잘하는 거 보면요."

나는 르하의 몸에 꽂혀 있던 검을 빼고 성문을 나서며 중얼거렸다.

"엄마 난 이왕 죽인 거, 끝까지 다 죽일게."

그리고는 내 머리카락과 눈동자, 검이 빛났다. 그러자 의식이 흐려졌다. 눈을 떠 보니 나는 시체 더미 위에 검을 꽂고 홀로 서 있었다. 시체더미 밑을 내려다 보니 끝도 없이 시체가 쌓여 있었다.

나는 주변을 둘러보았다. 주변은 아직 불 타있지 않았다. 나는 르하의 방으로 향해 날아갔다. 르하의 방에 달이 말한 검을 꽂는 구멍이 있었다. 나는 망설임 없이 검을 꽂아 넣었다. 그러자 10초의 타이머가 생겼다. 아무래도 폭발 시간을 의미 하는 것 같았다.

"삐 - 삐 - 삐 -"

나는 푸른빛으로 방어막을 만들어 폭발로부터 피했다. 다시 눈을 떠보니 르하의 방을 비롯하여 모든 곳이 불타고 있었다. 나는 불길 사이를 걸어갔다. 그리고 다시 시체 더미 위로 올라가 주변을 바라보았다.

푸른빛 아이가 14살이 되었을 때 세계를 파괴한다는 재앙의 내용은 미신은 아니었나 보다. 하지만 하나 틀린 것이 있다. 나는 '세계'를 파괴 한 것이 아닌 온 우주인 우리은하를 파괴가 아닌 멸망을 시켰다. 이제야 나다운 내가 된 기분이다. 나는 시체 더미 위에서 검을 높이 들었다.

"생일 축하해, 레이아."

9. 에필로그 – 진실이라는 벽

나는 권력자의 지도자였던 레한과 평범한 지구인 르하의 사이에 태어난 혼혈, 레이아 이다. 정확히 말하자면 권력자의 정확한 호칭은 '엔셜' 이다. 약 300년 전에는 엔셜인과 지구인은 매우 각별한 행성 관계이었다.

그래서 나의 아빠는 자주 지구에 방문하고는 했는데 그러다가 엄마를 만나고 나를 가지게 되었다고 한다. 우리 가족은 남부럽지 않은 삶을 살고 있었다. 또한 지구인과 엔셜인의 지도자가 결혼하므로 인해 많은 성장과 발전을 꾸려갔다. 엄마가 아빠를 죽이기 전까지 말이다.

엄마는 언제부턴가 아빠의 지도자 자리를 넘보기 시작했다. 그러다 결국 엄마는 검을 손에 쥐고 말았다. 하지만 아빠는 엄마가 자신의 자리를 넘보는 것도 자신을 죽이려고 한다는 것까지 다 알고 있었어도 그저 엄마를 사랑하기 때문에 모르는 척을 하다가 목숨을 잃었다.

　나는 그때 5살채 되지 않았었는데 그 장면을 목격하고 말았다. 엄마가 아빠를 잔인하게 살해 하는 장면을 말이다. 하지만 모두 그 사실을 외면 했다. 그럴 수 밖에 없었다. 지도자가 죽으면 그의 가족들 중 한 명이 지도자가 되기 때문이다. 그렇게 엄마는 지도자 자리를 차지하게 되었다.

　엄마는 자신의 고향인 지구로 돌아가서 모든 걸 마구잡이로 부시고 통제 했다. 그리고는 모든걸 무력으로 잡아 휘둘렀다. 그러다가 내가 엄마의 눈에 들어온 것이다. 자신도 사이코인데 자신의 아이도 사이코라면 자신과 똑같은 일을 저질러서 자신이 얻은 자리를 빼앗길 까봐 나까지 죽이려고 하였다. 하지만 그 상황에서 가장 충신이었던 이보가 나를 구해줬다. 그리고 내가 가지고 있는 엄청난 능력들을 구슬에 모두 담은 뒤 깨뜨려 지구와 엔셜에 숨겼다.

　그리고 충격을 받은 나의 모든 기억을 없애고 내가 지구인 중 한국인이라는 가짜 기억을 심어준 뒤 나를 지구로 보내 버렸다. 그러함으로 인해 이보네 종족들은 르하에게 엄청 시달렸다고 한다.

　그 뒤로 나는 기억을 잃은 채 지구에서 13년동안 세뇌를 당했다. (엔셜 나이인 213세)을 살아갔다. 엔셜을 권력자들이라고.

권력자들이 먼저 지구를 침공하였고 그 과정으로 인해 지구인 대부분이 멸망했다고. 너의 부모님 가족 전부 다. 나뿐만이 아니라 지구인 전체에게 지구인 지도자가 가르친 것이다.

그것의 진실은 르하가 자신을 무시했던 지구인들을 죽이려고 만들어낸 함정에 지구인들이 직접 걸린 것이지만 말이다. 그렇게 나는 권력자 즉, 엔셜인을 증오하고 살아온 것 이였다.

그러다가 곧 내가 14살이 되어 엄마는 겁을 먹고 나를 죽이려고 푸른 빛을 가진 아이를 없애라고 그리고 추적까지 해서 내가 다니던 학교를 침략했다.

나는 아무 기억 없이 도망치다가 우연히 이보를 만난 것이다. 이보는 나의 대한 것을 기억해내어 홀로그램 섬이 폭발할 때 나에게 모든 것을 알려주었다.

"......레이아 너는 푸른빛의 힘을 가진 아이야. 권력자 섬 깊숙이 살고 있는 저택의 주인을 찾아 검을 받고 그 주인을 죽여야 해! 꼭! 그리고 친구들을 티가 나지 않게 한 명씩 죽여나가. 그들은 이미 네가 푸른빛의 힘을 가진 걸 알고 있으니까. 나머지 일은 네가 직접 선택하면 돼. 그리고 레이아 푸른 빛에게 잡아먹히지 않게 조심해."

그렇게 나는 이보의 말을 듣고 음식에 독을 탔다. 이게 왠걸. 룩이 그 독을 먹고 멍청하게 죽어버렸다! 물론 락희와 라민은 나와 이보가 나누는 이야기를 다 들어서 도망쳤지만 말이다. 하지만 남은 애들은 내가 변명을 하지 않아도, 내가 푸른빛의 힘을 가진걸 알았어도 나를 믿어서 깨끗하게 마무리 지을 수 있었다. 얼마나 간편한가!

다음으로는 마시가 사는 곳에 도착했었다. 그런데 마시네 집에 도착하자 기분 나쁜 냄새가 내 코끝을 찔렀었다. 하지만 감각이 둔한 지구인들은 냄새를 맡지 못한 것 같아 보였다. 마시가 우리를 받아준 그날 밤 나는 냄새에 근원지를 찾아 집을 돌아다녔다. 그러다가 다락방까지 가게 되었는데 그 안에는 해골들이 엄청나게 많이 들어 있었다.

하지만 그때의 나는 기억이 온전하지 않아 무시하고 거기서 두 달간 아무 생각 없이 살아왔다. 그러다가 우연히 청소를 하다가 푸른 빛을 발견해서 갑자기 엔셜에 대한 옛 기억이 떠 올랐었다. 그리곤 나는 확신을 가지고 아이들을 데리고 다시 푸른빛을 찾으러 나섰었다.

근데 지금 생각해보면 마시는 어린 아이들을 즐겨 먹는 식인 이었다. 왜냐하면 우리가 먹은 고기들은 다 인간들의 것 이었으니까. 다락방에 있는 해골들은 다 어린아이들의 두개골 이었으니까. 그때의 나는 받아 드리기 어려웠을 것이다. 지금도 조금 충격적이기 때문이다.

또한 내가 루이와 루아는 제외하고 간 이유는 내가 새벽에 식칼을 들고 애들이 자는 곳에 서 있던걸 그 둘이 보았기 때문이었다. 루아와 루이는 나를 보고 달아나다가 스스로 넘어져 기절을 했었다. 나는 조용히 기절한 루이와 루아를 눕히고 나머지 아이들을 깨워 출발 했었다.

르하가 자리잡고 있는 엔셜인의 섬으로 가던 도중 하나는 자연스럽게 내 손을 쓰지 않고서도 하나는 물속에 빠져 죽었다. 그렇게 내가 가장 의지를 했었던 친구인 린, 룬, 릭만 나와 엔셜인의 섬에 도착하게 되었다. 하지만 아무리 준비가 부족했어도 한번에 3명 모두가 잡혀서 죽을 것은 예상하지는 못 했다.

멍청한 지구인들. 그렇게 나는 기억을 되짚으며 엔셜 행성에 살 때 르하의 충성스러운 신하였던 한 노인의 집으로 찾아갔다. 이보의 말대로 다 해보니 정말로 그 노인이 감싸주는 척 나를 죽이려고 했었다. 나는 그대로 노인을 죽이고 학교 쪽으로 노를 저었었다.

하지만 푸른 빛의 힘을 쓸 줄 몰랐던 나는 혼자서 노를 젓기에는 힘이 턱 없이 부족했었다. 그래서 아무 섬이나 찾아 잠깐 머물렀었다. 그러다가 문을 만났었는데 아무리 마음을 주지 않으려고 해도 마음을 주어버렸었다. 생각보다 행복했었지만 하늘도 나를 돕지 않는지, 행복했었던 만큼 빈자리가 컸다. 지금은 조금 후회한다.

나는 내가 내 손으로 달을 죽인 것에 대해 혼란스러웠었다. 근데 르하에게 달려들었을 때 그건 내가 아니었다. 나는 분명 르하에게 경고만 하려고 검을 뽑기만 한 건데 내 몸이 내 마음대로 움직여지지 않았다. 나는 원래 누군가를 죽이지 않는다. 희열을 느껴 본적도 없다. 하지만 이상했다.

　학교 연구실에서 룬을 번역기를 통해 죽일 때도, 마시의 다락방에서 해골들을 찾았을 때도, 마시의 사진을 깨뜨렸을 때도, 릭과 린, 룬을 다시 살린 후 죽일 때도, 푸른 빛을 모을 때도, 오랜만에 본 마시와 루이, 루아를 상대로 검술을 익힐 때도, 르하를 죽인 후에도! 내가 아니었다.

　나는 정말 죽일 생각이 없었다. 원망하지도, 이렇게 끝내고 싶지도 않았다! 난 그저...그저! 복수만 하고 싶었을 뿐이었다. 이렇게 까지 사람들을 죽일 생각은 없었다. 아예 나는 원한 적도 없었다.

　내 안에 다른 내가 있는 것 같았다. 아니 어쩌면 처음부터 완전히 이게 나였을까? 지금은 내가 맞을까? 이 생각도 내가 하고 있는 것이 맞을까? 이보의 말처럼 정말 푸른 빛에게 삼켜진 걸까?

　아니 이게 진짜 나다. 푸른 빛도 예전 엔셜에 살 때 가지고 있던 나의 부분 중 하나였다. 예전의 레이아는 더 이상 존재하지 않는다. 나약하고 순진하게 배려하던 그 레이아는 더 이상 없다.

어쩌면 푸른 빛에게 삼켜버렸다고 할 수 있지만 푸른 빛의 근원지는 나다. 그걸 억지로 이보가 분리시킨 것일 뿐이다. 그래 이게 진짜 나다. 아무리 사이코인 것을 부정해도, 푸른 빛에게 집어 삼켜진다고 생각한다고 해도 이게 나의 진실이다.

하지만 반대로 생각해본다면 내 안에 다른 레이아가 원래의 레이아를 잠깐 없앴다가 다시 되찾은 거라고도 생각할 수 있다.

진짜 레이아는 지구인들을 증오한다. 가짜 레이아는 권력자라는 다른 존재, 아니 세상으로부터 만들어진 가짜 엔셜인을 증오한다. 하지만 가짜 레이아들 사이에도 진짜 레이아가 섞여 있기도 한다. 그러니 오늘은 우리 둘 모두의 생일이다.

다시 한번 생일 축하해, 레이아.

10. 작가의 말

먼저 제가 이 책을 구성하게 된 이유는 저도 레이아처럼 세상에게 실망을 했기 때문입니다. 제가 생각하는 세상은 생각보다 환상적이지는 않더라고요. 저는 인간은 이기적이고 자기 중심적이라는 것이라는 메시지를 전하고 싶었습니다. 레이아도 결국 세상을 위해서 자신을 희생해서가 아닌 자신을 위해 세상을 희생시키는 것으로 마음을 바꾸게 되는 것처럼, 르하가 사랑하는 사람을 죽이고 권력을 차지한 것처럼 말이지요.

또한 인간은 자신의 잘못이 있어도 쉽게 인정하지 않습니다. 어떻게든 합리화할 수 있는 변명이나, 남을 탓할 수 있다면 남 탓을 합니다. 이 책에 나온 르하가 자신을 닮은 딸이 무서우니 어쩔 수 없이 '죽여야 한다'고 하는 것처럼, 레이아가 상처를 받으니 기억을 잃고 자신의 종족을 경멸하는 것을 숨겼다고 변명했던 린처럼 말이지요. 그리고 세상에 있지도 않았던 권력자라는 존재를 만든 지구인처럼 말이죠. 사실상, 지구인이 먼저 엔셜인들을 공격했지만 말이에요.

책에서 보셨듯이 레이아는 자아가 두 개입니다. 하나의 자아는 항상 남을 먼저 생각하고 자신을 뒤로 하는 자아이고, 또 다른 자아는 자신의 이익을 위해서는 무엇이 희생되든 상관이 없는 자아 입니다. 마지막엔 두 자아가 서로 충돌하기도 합니다. 마치 항상 배려 해야 한다는 마음 가짐을 가져야 한다는 생각과, 또 다른 생각인 '굳이 내가 왜?'라는 생각이 들어 갈등을 겪고 있는 저 같이 말이죠.

또한 레이아는 우유부단한 저와 달리 삶의 목적이 명확하여 항상 자신의 가치를 잃지 않는 사람(?)입니다. 그 점을 본 받고 싶어 이 책을 구성하게 되었던 이유들 중 하나 입니다. 저는 이 책을 통해 저 뿐만 아니라 모든 사람들은 이기적이고 자기 중심적이라는 메시지를 전하고 싶었을 뿐만 아니라, 세상은 제가 생각하는 것보다 환상적이지 않다는 것과, 저를 레이아라는 캐릭터에 담고 싶었습니다. 그리고 지구 온난화로 인해 얼음이 모두 녹아 육지가 모두 섬이 되어(물론 르하가 파괴한 것도 있긴 하지만요) 배를 타고 다녀야 한다는 위험성도 전하고 싶었습니다.

여러분 그거 아시나요? 약간의 잡지식이기도 한데 지구 온난화로 인해 북극의 얼음이 녹으면 지구가 뜨거워지는 것이 아니라 겨울이 찾아온다고 하네요.

벌써 한 해가 지나가고 다시 추운 겨울이 찾아 왔습니다. 시간은 점점 빨라지는 것 같습니다. 모두 연말 잘 보내시길 바랍니다!

2022년 마지막을 보내며

그 한 줄기 푸른 빛 따윈

발 행 | 2023년 04월 28일

저 자 | 이예운

펴낸이 | 한건희

펴낸곳 | 주식회사 부크크

출판사등록 | 2014.07.15.(제2014-16호)

주 소 | 서울특별시 금천구 가산디지털1로 119 SK트윈타워 A동 305호

전 화 | 1670-8316

이메일 | info@bookk.co.kr

ISBN | 979-11-410-2652-3

www.bookk.co.kr